U0617990

中国社会科学院老年学者文库

中国社会科学院老年学者文库

# 满文《三国志通俗演义》版本研究

巴雅尔图　宝乐日/著

社会科学文献出版社
SOCIAL SCIENCES ACADEMIC PRESS (CHINA)

# 目　录
## CONTENTS

绪　论 ……………………………………………………………………… 1

第一章　满文《三国志通俗演义》研究述略 ……………………… 4

第一节　纯满文《三国志通俗演义》形成的历史文化背景 …… 4

第二节　满文《三国志通俗演义》研究述略 …………………… 8

第二章　纯满文《三国志通俗演义》刊本形式考辨 …………… 24

第一节　满文意译书名——Ilan gurun i bithe 杂谈 ………… 24

第二节　谈纯满文《三国志通俗演义》刊本的形式特征 …… 29

第三节　纯满文《三国志通俗演义》翻刻本考辨 …………… 32

第三章　满汉文合璧《三国志通俗演义》刊本考辨 …………… 35

第一节　满汉文合璧《三国志通俗演义》刊本形式考辨 …… 35

第二节　谈法国所藏满汉文合璧《三国志通俗演义》

刊本问题 ……………………………………………… 41

第四章　两种满文《三国志通俗演义》刊本的翻译底本探析 …… 45

第一节　满译《三国志通俗演义》者的巧妙方法 …………… 46

第二节　两种满文《三国志通俗演义》刊本的主要翻译

底本考述 ……………………………………………… 49

**第五章 满文 Ilan gurun i bithe 六种抄本管见** …………………… 98

第一节 谈两部馆藏纯满文 Ilan gurun i bithe 抄本特征 ………… 99

第二节 北京故宫博物院图书馆所藏满文《三国志》抄本浅析

………………………………………………………………… 100

第三节 锡伯文《三国志通俗演义》抄本浅析 ……………… 105

第四节 满文音写汉文 San guwe yan i 抄本和满汉文合璧

《三国演义》人物图赞写本赏析 ……………………… 108

**附录 1：满文转写拉丁字母符号** ………………………………… 115

**附录 2：书影及相关评述** …………………………………………… 116

**主要参考文献书目** …………………………………………………… 146

**后　记** ……………………………………………………………………… 149

# 绪　论

北京故宫博物院图书馆收藏的一种满文《三国志》抄本（存七卷十四册），是陈寿所撰史书《三国志》的满文译本，而不是文学名著《三国志通俗演义》的满文译本。虽然其中插入一些汉文词语，对个别的满文人名、地名等名词术语做了相应的汉文标注，但是从文字内容和书写特征上讲，它并不是标准的满汉文合璧本。所以说，我们应该切实纠正以往在一些满文书目和论著中出现的关于北京故宫博物院图书馆所藏满文《三国志》抄本的多种错误著录。

以往，学界普遍认为最早的纯满文《三国志通俗演义》，是在清朝顺治七年（1650）刊行的。而近年有的学者依据《世祖章皇帝实录》关于"顺治十七年（1660）二月，颁赐翻译《三国志》"的记载，提出新的意见，认为正式刻印纯满文《三国志通俗演义》的时间为 1650 年至 1660 年初。[1]

对此，笔者在本书稿中提出了反驳意见。主要理由为：多尔衮在顺治七年（1650）十二月初病故之后，顺治皇帝福临于顺治八年（1651）二月初将已故多尔衮判定为"谋逆篡位"的大罪人而削其帝

---

① 　秀云：《〈三国演义〉满文翻译研究》，中央民族大学 2013 年博士论文，第 21 页。

号，夺享庙，革世袭爵，除宗籍，并公布于天下。随之，奉多尔衮之命主持译刊《三国志通俗演义》工作的大学士祁充格、刚林二人遭株连，被处死，另有范文程、查布海、宁完我等总校官也被降职。由此不难推断，在已故"皇父摄政王"多尔衮被判定为"大国贼"的特殊政治形势下，不可能有人敢于冒险出来主持纯满文《三国志通俗演义》的刻印（或续印）工作。假如确实有一些大臣挺身而出，顶着"政治大清洗"的风浪，刻印（或续印）了此书，那么他们也绝不会把多尔衮的"谕旨"以及祁充格、刚林、范文程等七大臣的"奏文"刊载于书首。从另一方面分析，多尔衮既然颁发"谕旨"，译刊《三国志通俗演义》，那么，以他的权势和当时朝廷翻译队伍的实力以及刻印满文书籍的技术水平来讲，也绝不会允许有关人员拖延刊印时间而影响整个策略的实施。

笔者运用版本比较研究与跨语言比较分析相结合的研究方法，比勘研究纯满文《三国志通俗演义》刊本的文本形式和思想内容，发现法国国家图书馆的"Mandchou‐119"号藏书——纯满文《三国志通俗演义》刊本，实为清朝顺治七年（1650）的纯满文《三国志通俗演义》刊本之翻刻本，且认为它的形成时间当属清朝康熙年间。

笔者比勘研究纯满文《三国志通俗演义》刊本（包括翻刻本）、满汉文合璧《三国志通俗演义》刊本和明朝嘉靖元年（1522）刊行的《三国志通俗演义》（有"初刻本"和"覆刻本"之分）的思想内容及其"小字注"内容，提出了两种新的见解：其一，纯满文《三国志通俗演义》刊本的主要翻译底本为明代嘉靖壬午本之覆刻本；其二，满汉文合璧《三国志通俗演义》刊本的满文部分，源于清朝顺治七年（1650）的纯满文《三国志通俗演义》刊本（或其翻刻本），而其汉文部分，主要源于嘉靖壬午本之覆刻本，但有关编辑人员有可能同时参考使用了《李卓吾先生批评三国志》（以下简称"李评本"）
或《三国志通俗演义史传》（1548 年刊行，以下简称"叶逢春刊
本"）等早期刊本。

2018 年，中国台湾学者庄吉发在其出版的《〈三国志通俗演义〉
满文译本研究》一书中提出一个所谓的"李卓吾原评《三国志》满
汉合璧本"问题，并且刊载了相关书影："李卓吾原评《三国志》，
封面"，"李卓吾原评《三国志》满汉合璧本卷一，蜀国人物介绍
（局部）"。① 而笔者通过实地考察研究发现，法国国家图书馆收藏的
"Mandchou-123"号藏书，是一种重新整理装订的属于清朝雍正年
间的满汉文合璧《三国志通俗演义》刊本。其内封（扉页）是根据
"李卓吾原评/绣像古本/三国志/吴郡绿荫堂藏版"的内封（扉页）
复制的。这就证实，学者庄吉发把法国的满汉文合璧《三国志通俗演
义》刊本的一种影印本视为"李卓吾原评《三国志》满汉合璧本"，
严重误导了学界。

总之，笔者撰写本书稿，主要是对存世的纯满文《三国志通俗演
义》刊本、满汉文合璧《三国志通俗演义》刊本、满文《三国志通
俗演义》抄本和满文《三国志》抄本等几种版本进行系统的比较研
究，进而明确提出了若干个独到的见解。然而，由于个人的研究能力
有限，加之收集和使用的第一手研究资料不够充足，本课题研究的实
际成果还不够理想。所以，笔者为了弥补比较分析和论述上的一些欠
缺之处，特意在本书稿中附录一些"书影"，并加注了简短的分析意
见。相信这些"书影"及分析意见，可以为研究满文《三国志通俗
演义》的学者提供一定的研究信息和参考资料。

① 庄吉发编译《〈三国志通俗演义〉满文译本研究》，（台湾）文史哲出版社，2018，第 7 页。

# 第一章　满文《三国志通俗演义》研究述略

长期以来，国内外满学专家们在著录、评介或研究满文《三国志通俗演义》形成的历史文化背景、刊行（或抄写）时间、翻译底本、流传与演化情况方面取得了一系列显著成果。然而，就目前来看，专门比勘研究多种满文《三国志通俗演义》的文本形式和思想内容的论著并不多见。因此，笔者在本章中初步探讨了清朝顺治七年（1650）的纯满文《三国志通俗演义》刊本形成的历史文化背景，并简略评述当代研究之得失，以便系统而深入地研究多种满文《三国志通俗演义》的文本形式和文字内容。

## 第一节　纯满文《三国志通俗演义》形成的历史文化背景

闻名于世的《三国志通俗演义》，是罗贯中（约 1330～约 1400）"编次"的长篇历史小说。书中描写了魏、蜀、吴三国之间的矛盾和斗争故事，深刻地反映了三国时代的社会政治、军事、外交、法律、伦理道德、宗教信仰和文学艺术等多元历史文化。而《三国志通俗演义》广泛流传和不断发展演化的历史过程，是与历史人物关羽被神化为"关圣帝"这一现象紧密联系的。219 年，关羽战败，被孙权斩首。过了四十余年，蜀国后主刘禅追封关羽为"壮缪侯"。1102 年，宋徽宗加封关羽为"忠惠公"。六年后，宋徽宗又加封关羽为"武安王"，并于 1123 年改其封号为"义勇武安王"。元朝妥懂帖睦尔时期，关羽被封为"显灵义勇武安英济王"，跨进了元朝战神行列。明神宗于万历四十二年（1614）封关羽为"三界伏魔大帝神威远镇天尊关圣帝君"。于是《三国志通俗演义》借此东风迅速流传起来，成为人们"崇拜关圣帝"的神奇媒介、学习文学和政治军事谋略的"百科全书"。

随着《三国志通俗演义》在我国东北地区的广泛流传，"崇拜关圣帝"的信仰习俗成了推动满洲社会大变革的重要因素之一。相传，清太祖努尔哈赤为了宣扬"关帝精神"，提振军心士气，在其演兵场近处建造了一座关帝庙。这与努尔哈赤崇拜"战神关羽"，爱读《三国志传》和《水浒传》，不无关系。①

清太宗皇太极也是"关公崇拜"者。他热爱《三国志传》，从中学到了一些政治权谋和战略战术。据清朝顺治佚年刑部（残）《题本》记载，皇太极身边有过一位御用说书人，名叫石汉，曾为皇太极演说《三国志传》，在宫廷住了六年。另外，皇太极的爱臣达海（1595～1632）生前翻译未竣的汉籍中也包括著名的史书《三国志》。这说明，皇太极主要是在达海、石汉等人的帮助下，不断熟悉《三国志传》的思想内容，提高了治国治军本领。目前，至少有两点依据，可证实皇太极热爱《三国志传》。

其一，皇太极的谋臣王文奎于天聪六年（1632）九月的一次进言

————————————

① 明朝大学士黄道周（1585～1646）首次写道："……奴酋稍长，读书识字，好看《三国》、《水浒》二传，自谓有谋略。……"（《博物典汇》卷之二十《四夷》篇，载于《故宫珍本丛刊》第 53 册，海南出版社，2001，第 336 页）。

中说："……汗虽睿智天成，举动暗与古合，而聪明有限，安能事事无差。且汗尝喜阅《三国志传》，臣谓此一隅之见，偏而不全。帝王治平之道，微妙者载在四书，显明者详诸史籍。宜于八固山读书之笔帖式内，选一、二伶俐通文者，更于秀才内选一、二老成明察者，讲解翻写，日进《四书》两段、《通鉴》一章，汗于听政之暇，观览默会，日知月积，身体力行，作之不止，乃成君子……"①

由此不难想见，清太宗皇太极是比较熟悉《三国志传》的。但他能不能读懂《三国志传》呢？现在谁也说不清楚。

其二，天聪九年（1635）三月二十二日，皇太极遣朝鲜使者李俊回国，并致书朝鲜国王时，引用《三国》（或《三国志传》）关于"黄忠落马，关公不杀"故事的说辞，指责了朝鲜国王背信弃义的行为。就此，《满文原档》记载："……julge howangdzung, guwan gung ni emgi afara de morin ci tuheke manggi, guwan gung wahakū morin yalubufi dasame afahangge uthai waci ton akū sehengge kai. guwan gung jiyangjiyūn bime jurgan be dele arafi yargiyan akdun be jurcehe akū bi. wang emu gurun i ejen kooli be ambula hafuka bi, akdun jurgan be jurcehe doro bio. bi inu kenehunjerakū ofi donjiha babe wang de gidarakū hendumbi. ……"②（从前黄忠与关公交战时，从马上落地后，关公未杀，令乘马再战，即使乘危杀之，也不算英勇啊？关公只是将军，而以义为尚，不违背诚信。王乃一国之主，博通规章，岂有违背信义的道理呢？我也因为深信不疑，故将所闻直言于王而无隐。……）③

这就说明，皇太极还是"信义将军关羽"的崇拜者。他极力宣扬

① 辽宁大学历史系编《天聪朝臣工奏议》，1980，第21页。
② 此处并非满文，而是将满文转为拉丁字母，全书同。
③ 冯明珠主编《满文原档》（Orginal Manchu Archives Ⅷ）第九册，台北故宫博物院，2006，第4195页。

"战神关帝"精神，于崇德八年（1643）在沈阳地载门外，敕建关帝庙，赐额"义高千古"，规定"岁时官给香烛"祭祀。①

崇德八年（1643）八月，皇太极病逝，他年仅六岁的儿子福临嗣位。起初，皇帝的两位叔父多尔衮和济尔哈朗辅政。未久，多尔衮排挤济尔哈朗，独揽了国政大权。顺治元年（1644）四月，摄政王多尔衮特持"奉命大将军印"，统率满洲、蒙古、汉军，迅速攻入北京，彻底推翻了大明王朝。

占领北京之后，多尔衮为了稳定政治局势，巩固新政权而采取了一系列"笼络人心，文治肇兴"举措。

首先，命令官民为明朝崇祯帝服丧三日，并遣降臣大学士冯铨，祭奠明太祖及诸帝，保护了明陵；又派遣官员祭奠先师孔子，表现出了尊崇儒家思想学说的政治态度。与此同时，为了宣扬"战神关帝"精神，他还在北京地安门（原宛平县辖区）重修"关帝庙"，规定"岁以五月十三日遣官致祭"。

其次，发布"大清国摄政王令旨"，向全国人民宣布取消明朝天启、崇祯时期的加派赋税，对改变社会动乱不安局势，恢复和发展经济起到了积极作用。他还按照"治天下，在于得民心"和"致治必资贤才"的治国理念，通过会试先后选拔出一千多名进士，并将一大批大学士、尚书、侍郎、督抚、都察院副都御史、内院学士等高官充实到中央和地方的各级机构中，全面加强了自上而下的统治力量。

另外，自顺治五年（1648）十一月初起，多尔衮被顺治皇帝尊称为"皇父摄政王"，直接掌握了皇帝印玺。② 之后，多尔衮敕令内三

---

① 《清史稿》，中华书局点校本，1977，卷 84 ～ 卷 59。
② 顺治朝刑部题本汉文批红中写有"皇父摄政王"之尊称。（中国第一历史档案馆存档）在朝鲜文献《李朝实录》（顺治六年二月的记录）中，亦有"皇父摄政王"之尊称。

院大学士祁充格、刚林、范文程、冯铨、洪承畴、宋权、宁完我七大臣，启动了译刊《三国志通俗演义》的这一政治文化工程。这是多尔衮为了进一步笼络人心，全面实施其"文武兼治"兴国策略的最成功举措。

多尔衮认为与达海未完成的《六韬》、《三略》、《黄石公素书》、《三国志》和《通鉴纲目》等满文译著以及顺治三年（1646）刊行的《辽史》、《金史》、《元史》、《洪武宝训》等满文译著相比，纯满文《三国志通俗演义》刊本的应用价值更大，而且"战神关羽"的英武忠义精神更适合教化军民，巩固新政权。所以，清廷于顺治七年（1650）四月十八日奖赏了十几位译刊纯满文《三国志通俗演义》的有功人员。

颁赏记录表明，清朝顺治七年（1650）问世的纯满文《三国志通俗演义》，是由十几名文臣和学人通力合作而完成的纯满文译著。翻译成纯满文的《三国志通俗演义》，在中华民族的政治、军事、文学、艺术交流史上大放光彩，成为一座雄伟的民族思想文化"黄金桥"。

## 第二节　满文《三国志通俗演义》研究述略

国内外的满文《三国志通俗演义》研究事业，是从20世纪30年代初开始逐渐发展起来的。起初，国内的满学专家们通过收集和整理满文文献古籍的工作，发现了清朝顺治七年（1650）的纯满文《三国志通俗演义》刊本和清朝雍正年间形成的满汉文合璧《三国志通俗演义》刊本等多种珍贵的馆藏满文译著。

1933年，著名满学专家李德启先生编的《国立北平图书馆故宫博物院图书馆满文书籍联合目录》（以下简称"李氏《联合目录》"），比较详细地著录了原国立北平图书馆、北京故宫博物院图书馆所藏纯满文《三国志通俗演义》刊本及抄本、满汉文合璧《三国志通俗演义》刊本、满文《三国志》抄本（残缺），为研究满文《三国志通俗演义》的学者们提供了最可靠的资料信息。为此，著名学者于道泉先生在其校勘记（即"于序"）中高度评价李德启先生对满文古籍研究事业兴起的积极贡献，并鼓励满学研究者们说："满族入主中国二百余年。其功过得失，自是另一问题。惟于文化事业上之努力，实有不可磨灭者在，则为一般所公认。满文译者，亦为清代文化事业之一端，如不知其内容梗概，则于满族之精神生活，亦不能窥其崖略。故李君（李德启）此书，不特为研究满文者所必备，即治清代文化史者，实亦有参考之必要也。"①

李德启先生著录的内容为："（文学类，小说/707.2）三国志：满汉合璧〔平〕〔故〕Ilan gurun i bithe 元罗贯中撰 八函 四十八册 二十四卷 刻本〔平〕又存满文顺治七年（公历1650）刻本，卷一至卷十六，共十六册，祁充格 cicungge 等奉敕译。〔故〕只藏满文顺治七年刻本，祁充格等奉敕译，凡二十四卷，二十四册，又存钞本，卷七至卷十二共六册"；"（史地类，断代史，三国/922.3）三国志：满文〔故，残〕Ilan gurun i bithe 晋陈寿撰，存十四册，钞本，存魏志卷八之10，卷九之7，8，卷十之1，卷十一之1，5，6，9，卷十二之7，蜀志卷二之2，10，卷三之5—7"。②

现在，我们仔细分析李德启先生早年的著录内容，可发现有两点差错。其一，他在第707.2号著录中说故宫博物院图书馆也收藏一部

---

① 李德启编《国立北平图书馆故宫博物院图书馆满文书籍联合目录》，于道泉校，国立北平图书馆、故宫博物院图书馆合印，1933，"于序"。
② 李德启编《国立北平图书馆故宫博物院图书馆满文书籍联合目录》，于道泉校，国立北平图书馆、故宫博物院图书馆合印，1933，第32、40页。

"满汉合璧《三国志》","又存钞本,卷七至卷十二共六册"。其实,这部所谓的"满汉合璧《三国志》"并不是典型的满汉文合璧《三国志》,而是像1708年的满文《金瓶梅》刊本一样,只是对正文中个别满文名词术语加注相应汉文的满译文《三国志》。该满文《三国志》抄本现存十四册,毛装,26.5cm×18cm,半页七行。其二,李德启先生说"故宫博物院图书馆收藏满文《三国志》,顺治七年(1650)刻本,凡二十四卷,二十四册"。其实,它就是顺治七年(1650)的纯满文《三国志通俗演义》刊本,而非史书《三国志》的满译刻本。

1983年,满学专家黄润华发表《满文翻译小说述略》一文,详细介绍了满文《三国志通俗演义》在国内外的收藏情况,充分肯定了它对满族文学的发展,特别是满、汉民族文化交流所起到的重要作用。他曾写道:"《三国演义》一书,达海翻译未竟,至顺治年间,遵多尔衮之命,查布海等满族文臣又重加翻译,汉族官员范文程、洪承畴、冯铨亦参与其事。顺治七年译毕,满汉官员十六人得到鞍马银两的赏赐。……《三国演义》满文刊本行世后,又刊印了一种满汉文合璧本,……从汉文中'玄'、'贞'均已避讳,而'弘'字未避这一情况推断,这一满汉文合璧本应是雍正年间所刻。从其刻工、纸张及装帧情况来看,当为民间坊刻本而非出自大内。"①

黄润华先生还在《满文翻译小说述略》中提道:"满文《三国演义》在清初一再翻译刊印,……皇太极……敕命达海翻译《三国演义》全书;进关后,多尔衮又组织力量重译刊布,实以此书为兵略。"②

笔者认为,在研究满汉文合璧《三国志通俗演义》刊本形成的时间问题上,黄润华先生提出的意见是非常正确的。但是,他的另一种

---

①　黄润华:《满文翻译小说述略》,《文献》1983年第2期,第7页。
②　黄润华:《满文翻译小说述略》,《文献》1983年第2期,第8页。

论断："皇太极……敕命达海翻译《三国演义》全书；进关后，多尔衮又组织力量重译刊布"，则是缺乏文献依据的推测，不值得完全采信，因为《满文原档》的记载说明达海翻译未竣的《三国志》并不是文学名著《三国志通俗演义》。①

1983年，黄润华和王小虹发表的《满文译本〈唐人小说〉、〈聊斋志异〉等序言及译印〈三国演义〉谕旨》一文，首次汉译纯满文《三国志通俗演义》刊本卷首的"谕旨"和"奏文"全文，给学界提供了纯满文《三国志通俗演义》刊本研究的最重要文献依据：

> 皇父摄政王旨。谕内三院：着译《三国演义》，刊刻颁行。此书可以忠臣、义贤、孝子、节妇之懿行为鉴，又可以奸臣误国、恶政敌朝为戒。文虽粗糙，然甚有益处，应使国人知此兴衰安乱之理也。钦此。内弘文院大学士祁充格等谨奏：我等恭承皇父摄政王谕旨，校勘《三国演义》，学士查布海、索那海、伊图、霍力、庆泰、何德翻译，主事能图、叶成格等恭承缮写，主事更泰等与博士科尔科泰等恭抄，成二十四册，分为六函，颁行于众，为此谨奏。总校：大学士祁充格、范文程巴克什、刚林巴克什、冯铨、洪承畴、宁完我、宋权。顺治七年正月十七日谨奏。②

1983年10月，满学家富丽在其编辑的《世界满文文献目录》（初编）中介绍了国内外收藏的纯满文《三国志通俗演义》刊本和满汉文合璧纯满文《三国志通俗演义》刊本的基本情况，为学界提供了

---

① 参见书影1《满文原档》里标注的满文音译书名为 San guwe jy，而不是 San guwe yan yi（《三国演义》）。

② 黄润华、王小虹：《满文译本〈唐人小说〉、〈聊斋志异〉等序言及译印〈三国演义〉谕旨》，《文献》第十六期，1983，第1～5页。

更多的满文《三国志通俗演义》馆藏信息。但是，现在看来富丽先生关于纯满文《三国志通俗演义》和满汉文合璧《三国志通俗演义》的著录不够严谨，甚至存在明显的误录问题。例如：富丽先生列入小说类的第9003条著录为："三国志，满汉合璧，八函四十八册，二十四卷，元代罗贯中原著，刻本，北平图（书馆）藏品；满汉合璧，四十八册，顺治四年（1647）刊本，日本藏品；满汉合璧，四十八册，雍正年间刻本，北图、科（学院）图、民族宫、民院藏品；满文，二十四册，顺治七年（1650）抄本，28.3cm×19.5cm，故宫藏品。本书满文据嘉靖壬午刻本《三国志通俗演义》译成；三国志演义，又名《三国志通俗演义》，（元）罗贯中著，（清）祁充格等译，十六册，北图藏品……"；富丽先生列入其他类的第13133条著录为："三国志，满汉合璧，二十四册，二十四卷，（晋）陈寿撰，宁完我、刚林等总校，叶成格等译写，顺治七年刊本，故宫、一档藏品；十四册，抄本，26.9cm×18cm，故宫藏品。"①

　　不难看出，富丽先生重点介绍的"满汉合璧《三国志》"有两部，"满文《三国志演义》"有一部，属于其他类的"满汉合璧《三国志》"也有一部。其实，富丽先生的著录中多有含糊不清抑或错乱的问题。其一，"日本所藏的四十八册满汉合璧《三国志》"，有可能是清朝雍正年间（1723～1735）满汉文合璧《三国志通俗演义》刊本，而非"顺治四年（1647）刊本"。目前，学术界普遍认可的满汉文合璧《三国志通俗演义》刊本仅有一种，即清朝雍正年间刊本。其二，富丽先生列入其他类的第13133条著录之"满汉合璧《三国志》刊本"，实为北京故宫博物馆图书馆所藏史书《三国志》的满文抄本

---

（残缺），而非顺治七年的纯满文《三国志通俗演义》抄本。虽然该抄本中出现了一些旁注性的汉文名词术语，但它绝不是名副其实的满汉文合璧抄本。

1986 年，满学专家关四平在《辽宁省图书馆藏满文古籍述略》一文中写道："……《三国演义》二十四卷（满文），元罗贯中撰，清祁充格译，清顺治七年内府刻本。清初，达海奉命翻译《大明会典》《六韬》《三略》《黄石公素书》成满文，又译《三国演义》未成；祁充格续译，于顺治七年由内府刻印。书卷前有祁充格等人奏疏，系满文古籍中刻印较早者，也是《三国演义》的最早译刻本。此书大版宽行，刻印较精，国内可知者现存两部，另一部现藏国家图书馆，已收入《中国版刻图录》，弥足珍贵。"①

而笔者认为，满学专家关四平对于纯满文《三国志通俗演义》刊本的认识不够深刻。他说"（达海）又译《三国演义》未成；祁充格续译"却没有举出有关文献依据，难以令人信服。

1990 年，满学专家吴元丰在《北京地区满文图书总目》中，著录了三种"满文《三国志》"和五种"满文《三国演义》"。他写道："1695 三国志，二十四卷，Ilan gurun i bithe，（晋）陈寿撰，宁完我、刚林等总校，叶成格等译写，顺治七年（1650）刻本，二十四册，满汉合璧……1697 三国志，Ilan gurun i bithe，（晋）陈寿撰，抄本，十四册，满汉合璧，毛装……"②

很显然，吴元丰先生把北京故宫博物院图书馆收藏的一部残缺的满文《三国志》抄本著录为"满汉文合璧《三国志》"刊本，复述了李德启先生 1933 年的一条不够确切的著录。笔者已在前文中提到，

① 关四平：《辽宁省图书馆藏满文古籍述略》，《新疆图书馆》1986 年第 1 期。
② 吴元丰主编《北京地区满文图书总目》，辽宁民族出版社，2008，第 383～385 页。

它是残存的十四册满文《三国志》抄本（毛装、十四册、26.5cm×18cm，半叶七行），而不是满汉文合璧《三国志通俗演义》抄本。

1991年，满学家黄润华和屈六生在《全国满文图书资料联合目录》中写道："大连市图书馆藏《三国演义》满文刻本二十四册（全）。"①

学者杨丰陌和张本义也在《大连图书馆藏少数民族古籍图书综录》中著录大连图书馆所藏的一部"满文《三国志演义》"刊本："三国志演义二十四卷，（清）祁充格译，清顺治刻本，二十四册，线装，满文本，四周双边，半叶九行，行字不等，版框高二十九点五厘米，宽二十点八厘米。白口。版心依次为单黑鱼尾、满文书名、满文卷次、叶码、单黑鱼尾。卷前有顺治七年（1650）满文祁充格、范文程等奏折，奏本末钤'古拙一笑'朱文方印。是书译自汉文本长篇小说《三国演义》……"②

该著录文显示，大连图书馆所藏的满文《三国志演义》，是清朝顺治七年刊刻的纯满文《三国志通俗演义》。不过，学者杨丰陌、张本义在其相关著录文中只提到"卷前有顺治七年（1650）满文祁充格、范文程等奏折，奏本末钤'古拙一笑'朱文方印"，而没有提及卷首中有没有"皇父摄政王"的"谕旨"的问题。因此笔者估测，大连图书馆所藏的满文《三国志演义》有可能是一部由后人（如"古拙一笑"者）重新整理和装订的刊本。

1996年，英国学者魏安（Andrew West）的《三国演义版本考》对存世的《三国志通俗演义》、《三国志传》、《三国志演义》和《三国演义》等多种版本进行了细致的考证。他先后查考了26种不同于

① 黄润华、屈六生编辑《全国满文图书资料联合目录》，书目文献出版社，1991，第140~141页。
② 杨丰陌、张本义主编《大连图书馆藏少数民族古籍图书综录》，辽宁民族出版社，2006，第504页。

毛宗岗评本的版本，包括上海图书馆所藏残页（其刊行年代很可能早于其他版本）和西班牙爱思哥利亚（Escorial）修道院图书馆所藏嘉靖二十七年（1548）叶逢春刊本，并且通过对文本进行细读和比较研究，详细阐述了《三国志通俗演义》版本流变轨迹。他还运用跨语言比较的研究方法，研究纯满文《三国志通俗演义》刊本和满汉文合璧《三国志通俗演义》刊本，就满汉文合璧《三国志通俗演义》刊本的汉文底本问题提出新观点，为学界提供了一些重要研究信息。可以说，魏安（Andrew West）是运用版本比较研究和跨语言（满、汉文）对照研究相结合的方法，深入研究纯满文《三国志通俗演义》刊本和满汉文合璧刊本的第一人。笔者将在后面具体讨论他的研究结论。

2005 年，满学专家李士娟发表《记满文抄、刻本〈三国演义〉》一文，详细介绍了北京故宫博物院图书馆所藏纯满文《三国志通俗演义》刊本和抄本，比较客观地评述了该译著形成的历史文化背景及其版本价值。她认同黄润华先生在《满文翻译小说述略》中提出的主要观点，明确写道："……可以肯定的是，至迟在皇太极天聪年间，巴克什达海，已经翻译《三国演义》，只是未及完成便去世了。……这就是说，《三国演义》的翻译，是由精通满汉文字、学问渊博的满族文臣担任的，因为达海未能完成此事，才有了后来由摄政王多尔衮下令继续翻译的事情。"①

她还认为："……因此，顺治年间初期翻译《三国演义》的作用更主要的是通过该书通俗易懂、生动活泼的文学描述，以忠孝节义的有关故事，深入人心地建立和维护新的统治秩序，以巩固内部的团结，加强新朝对全国的统治。由此而言，包括此书在内的汉文典籍的翻译，

---

① 李士娟：《记满文抄、刻本〈三国演义〉》，《中国典籍与文化》2005 年第 2 期，第 35 页。

已是清王朝开国大略的重要措施之一了，政治上的用意是明显的。"①

笔者认为，李士娟的上述意见是正确的。遗憾的是，她未提及有关故宫博物院图书馆收藏的一部满文《三国志》抄本（残缺）问题。所以，笔者将在第五章第二节中讨论这一不同于纯满文《三国志通俗演义》抄本的特殊馆藏本。

2009 年，满学家季永海在《清代满译汉籍研究》一文中分类介绍清代满译汉籍时写道："（历史类译著 ……）三国志（晋）陈寿撰，顺治七年（1650）满汉文合璧刻本，宁完我、刚林等总校，叶成格等译写。另有顺治年间满文抄本。……（小说类译著……）三国演义（元）罗贯中著，顺治七年（1650）满文刻本，前有祁充格等人奏折一件。另有乾隆年间满汉文合璧刻本。另有入关前满文译本，仅存 19 回，可能是达海未译完的译本。"②

应该指出，季永海先生关于纯满文《三国志通俗演义》刊本和满汉文合璧《三国志通俗演义》刊本的介绍，是含糊不清的。他一方面根据汉文题署《三国志》，将它说成是顺治七年的刻本，"宁完我、刚林等总校，叶成格等译写"；另一方面把二者分别介绍为"历史类"的和"小说类"的满译汉籍，并且提到"另有乾隆年间满汉文合璧刻本。另有入关前满文译本，仅存 19 回，可能是达海未译完的译本"等问题，但没有说明它们的实际情况。而且，他的"另有乾隆年间满汉文合璧刻本"一说，恐怕不符合事实。他或许把清朝雍正年间的满汉文合璧刻本误认为乾隆年间的刻本了。

2011 年，学者陈岗龙发表《〈三国演义〉满、蒙译本比较研究》一文，专门研究了满文《三国志通俗演义》刊本和蒙古文石印本

---

① 李士娟：《记满文抄、刻本〈三国演义〉》，《中国典籍与文化》2005 年第 2 期，第 36 页。

② 季永海撰《清代满译汉籍研究》，《民族翻译》2009 年第 3 期，第 44～45 页。

《三国演义》译本的关系问题。他以跨语言比较研究的方法，逐字逐句比照分析《三国志通俗演义》、满文《三国志通俗演义》和蒙古文《三国演义》，明确提出了蒙古文译本是从满文译本转译过来的："满文《三国演义》是根据明嘉靖壬午年刻本系统的《三国志通俗演义》翻译的；蒙古人最早翻译《三国演义》，完全是按照满文译本翻译的，并没有和汉文原著核实，因此蒙古文译本中保留了满文译本的翻译错误。在《三国演义》蒙古文译本中没有出现蒙古人习惯于其他汉文小说翻译中经常出现的创造性的编译和删节、改写等情况。"①

笔者认为，陈岗龙先生提出的上述研究意见，符合《三国志通俗演义》在满族和蒙古族中流传与发展演化的历史情况，而且他所运用的跨语言比较研究方法独具特色，为进一步研究满文《三国志通俗演义》刊本和蒙古文《三国演义》的学人提供了具有很高参考价值的研究范例。

2012 年，学者聚宝在博士学位论文《〈三国演义〉在蒙古族地区的传播研究》中运用传播学理论，从传播学及文学互动角度深入探讨了《三国演义》满、蒙译本的流传及演化问题，明确提出："满文和蒙古文《三国演义》是以书面的、口头的和图像的形式广泛流传于蒙古地区的。满、蒙译本《三国演义》有雷同译例。蒙古文译本中既有译自嘉靖本的，也有译自毛评本的，而且译自嘉靖本体系的蒙古文译本都源自满文本。"②

他的考查范围广泛，主要对嘉靖壬午本《三国志通俗演义》、蒙古国国家图书馆所藏纯满文《三国志通俗演义》刊本和辽宁阜新蒙古族自治县的 240 回蒙古文《三国演义》抄本进行跨语言的比较研究，

---

① 陈岗龙著《〈三国演义〉满、蒙译本比较研究》，《民族文学研究》2011 年第 4 期，第 5 ~ 27 页。
② 聚宝著《乌兰巴托收藏〈三国演义〉蒙译版本及特点》，《内蒙古社会科学》2012 年第 3 期，第 87 ~ 89 页。

着重论述《三国志通俗演义》在满族、蒙古族、汉族文学交流史上产生的积极影响，为《三国志通俗演义》及其满、蒙译文的思想内容比较研究提供了很好的实践方法和经验。

2013年，秀云博士撰写专著《〈三国演义〉满文翻译研究》，以跨语言的文本对照研究方法，认真研究纯满文《三国志通俗演义》刊本、满汉文合璧《三国志通俗演义》刊本、满文音写本《三国演义》、满文图说《三国演义》等文本，比较系统地论述了纯满文《三国志通俗演义》形成的政治和社会文化背景、翻译的目的和意义、译写和刊刻时间等问题。她主要通过对纯满文《三国志通俗演义》、满汉文合璧《三国志通俗演义》版本、抄本的比较研究，认真考察了纯满文《三国志通俗演义》流传演化的历史脉络，进而深入探讨了《三国志通俗演义》及其不同历史时期满文译本之间的异同关系以及满文翻译家们翻译《三国志通俗演义》的传统方法和技巧问题。其研究观点主要体现在以下几个方面。

首先，秀云博士通过研究纯满文《三国志通俗演义》刊本卷首的"谕旨"和"奏文"，并考查相关历史文献记载，提出了"满文《三国演义》不是在顺治七年刊刻的，而是在顺治七年到十七年之间刊刻"的新观点："……基于此番分析，我们不妨对事情的经过进行历史构拟。第一，摄政王初谕时，只说译写，没说刊刻；内三院奉旨译写，到顺治七年正月告成奏闻，四月朝廷颁赏；第二，摄政王收到奏表，看到译本，然后再降谕旨，要求刊刻颁行；第三，刻本前附睿王谕旨，就是顺治七年看到抄本后专门为了刊行所发，因而附于卷首，以为代序。睿王位在三院之上，所以谕旨放在表前。这就误导后人，以为谕旨在先，奏表在后，并误以表末日期为刻成日期。其实正好相反，奏表在先，谕旨在后，表末日期并非刻成日期。……至此我们可以断定，满文《三国演义》不是在顺治七年刊刻的，而是在顺治七年到十七年之间刊刻的。所谓顺治七年刊刻，是将译写告成与刊刻告成混为一谈。"①

其次，秀云博士通过跨语言的比较研究，就顺治七年的纯满文《三国志通俗演义》的翻译底本问题提出了新观点："……鉴于以上诸般差异，本人以为《三国演义》满文译本并非译自嘉靖本《三国志通俗演义》，而是译自嘉靖本之同祖异支的另一本。如今，该本已经散失，真正面目无从知晓。然而，满文译本作为其派生本，可以间接地了解其大致情况，甚至若将满文译本返译为汉文，就可得到一种嘉靖本旁系某本。这正是满文译本的文本价值所在。"②

除此之外，秀云博士还以拉丁字母转写并汉译"谕旨"和"奏文"，首次回应了满学专家黄润华和王小虹于1983年译刊"谕旨"和"奏文"所忽略的问题，明确指出译写《三国志通俗演义》的是能图、叶成格等人，而不是"总校（官）"大学士祁充格、刚林、范文程等七大臣。

秀云博士以拉丁字母转写的"谕旨"和"奏文"是：

Doro be Aliha. Han i Ama Wang ni hese, Dorgi Ilan Yamun de wasimbuhangge, Ilan gurun i bithe be ubaliyambume arafi folofi selgiye. Ere bithei dorgi de tondo amban, jurgangga saisa, hiyoošungga jui, jalangga hehe i gūnin yabun be tuwaha donjiha de bulekušeci ombi. Jai jalingga amban gurun be sartabuha, ehe dasan i gurun be facuhūrabuhangge be targacun obuci ombi. Bithe udu muwa bicibe,

---

① 秀云：《〈三国演义〉满文翻译研究》，中央民族大学 2013 年博士论文，第 21 页。
② 秀云：《〈三国演义〉满文翻译研究》，中央民族大学 2013 年博士论文，第 44 页。

ambula tusangga ba bi. Gurun i niyalma wesike wasika, jirgaha jobo-
ho giyan be sakini sehe.

Dorgi Kooli Selgiyere Yamun i Aliha Bithei Da Kicungge se ginggi-
leme wesimburengge, Be Doro be Aliha Han i Ama Wang ni hese be
gingguleme alifi, Ilan Gurun i Bithe be Acabume tuwaha Ashan i Bi-
thei Da Cabuhai, Sunahai, Itu, Hūri, Cingtai, Laigun, Hede;
Ubaliyambume araha Ejeku Hafan Nengtu, Yecengge se; Ginggileme
araha Ejeku Hafan Kengtei se, Taciha Hafan Korkodai sei emgi ging-
guleme arafi orin duin debtelin ninggun dobton obuha. Geren de sel-
giyere jalin gingguleme wesimbuhe. Uheri Tuwaha Aliha Bithei Da Ki-
cungge, Fan Wen Ceng Baksi, Garin Baksi, Fung Cuwan, Hūng
Ceng Ceo, Ning Wan O, Sung Cuwan. Ijishūn dasan i nadaci aniya
aniya biyai juwan nadan de gingguleme wesimbuhe.

秀云博士汉译的"谕旨"和"奏文"是:

叔父摄政王旨,谕内三院。着译《三国志》,刊刻颁行。览
闻此书内忠臣、义贤、孝子、节妇之所思所行,则可以为鉴;又
奸臣误国、恶政乱朝,可以为戒。文虽俗陋,然甚有益处。国人
其知兴衰幸难之理。钦此。

内弘文院大学士祁充格等谨奏。我等恭承叔父摄政王谕旨,
将《三国志》,与校阅(官)学士查布海、索那海、伊图、胡
理、清泰、来衮、赫德,译写(官)侍读能图、叶成格等,誊录
(人)侍读艮特等、他赤哈哈番科尔科代等,一同恭写,以为六
函二十四册。为颁行于众,谨奏。总校大学士祁充格、范文程巴

克什、刚林巴克什、冯铨、洪承畴、宁完我、宋权，顺治七年正月十七日谨奏。

笔者认真对比分析了秀云博士的译文以及满学专家黄润华和王小虹的汉译文，认为这两种汉译文之间存在三点差异。

一是关于参加翻译《三国志通俗演义》工作的"校阅（官）"、"译写（官）"、"誊录（人）"和"总校（官）"的分工合作情况，秀云博士翻译得比较确切，而满学专家黄润华和王小虹译刊的"谕旨"和"奏文"中，只是笼统地提到翻译《三国志通俗演义》的有关人员，却没有明确指出主要译写官是谁。

二是秀云博士汉译大学士祁充格、刚林、范文程等七大臣的"奏文"时，将"Geren de selgiyere jalin gingguleme wesimbuhe"一句译作"为颁行于众"，从而突出了满文"jalin"一词的真正含义（"为"）。而黄润华和王小虹将满文"Geren de selgiyere jalin gingguleme wesimbuhe"直接汉译成"颁行于众"，误导读者，以为大学士祁充格、刚林、范文程等七大臣向多尔衮恭呈"奏文"之时，已经把满文《三国志通俗演义》"颁行于众"了。"为颁行于众"不等于"颁行于众"，前者表达的意思是"为将满文《三国志通俗演义》颁行于众而为之"，而后者指的则是"已经颁行于众"的事实。

三是秀云博士把满文"Doro be Aliha. Han i Ama Wang ni hese"译为"叔父摄政王旨，谕内三院"并不恰当，因为从顺治五年（1648）十一月起，"皇叔父摄政王"多尔衮已被顺治皇帝尊称为"皇父摄政王"了。比较起来，在翻译多尔衮尊号方面，学者黄润华和王小虹的译文比较精准。

笔者还认为，秀云博士与其把"谕旨"和"奏文"中的满文书名 Ilan gurun i bithe 译为《三国志》，还不如根据该译著的实际内容译为《三国志通俗演义》（或《三国志演义》）更为恰当。无论从简短的"谕旨"语气上分析，还是从实际形成的译著形式和内容上看，顺治七年的纯满文《三国志通俗演义》的翻译底本就是《三国志通俗演义》的一种早期文本，而不可能是陈寿所撰的史书《三国志》。可见秀云博士把"Ilan gurun i bithe"译为"《三国志》"，是欠考虑的。

2018 年，台湾学者庄吉发编译出版了《〈三国志通俗演义〉满文译本研究》一书。该书由"《〈三国志通俗演义〉满文译本研究》导读"和"《三国志通俗演义》满文译本选编"两大部分构成。"导读"部分阐述了"《三国志通俗演义》满文译本的由来"和"《三国志通俗演义》满文译本的颁行与清朝关帝崇拜的普及"问题。他还通过"《出师表》满汉文的词汇对照"、"曹操纳妾故事的满文翻译"、"曹叡不杀子鹿故事的满文翻译"、"满汉词义的比较分析"、"满汉词汇的读音对照"、"满文翻译的规范问题"、"民间谚语的满文翻译"和"《三译总解》满文与满汉合璧本满文的比较——以《凤仪亭吕布戏貂蝉》为中心"等八项满、汉文对照分析，概括性地评述前人满文翻译《三国志通俗演义》和编译《三译总解》的翻译风格及满、汉文义之细微差异等，明确写道："大致而言，《三译总解》的满文内容，与满汉合璧本的满文相近。"①

庄吉发先生的"《三国志通俗演义》满文译本选编"（副标题），以编译"桃园结义""孔明借箭""义释曹操""七步成诗""关公显圣"等三十个子题（故事）的形式，选录满汉文合璧《三国志通俗演义》的部分满文内容，转写为拉丁字母，并照录了相对应的汉文部

---

① 庄吉发编译《〈三国志通俗演义〉满文译本研究》，（台湾）文史哲出版社，2018，第 76 页。

分。笔者认真研读了《〈三国志通俗演义〉满文译本研究》，认为学者庄吉发研究《三国志通俗演义》和选编满译文的方法灵活，运用跨语言比较研究，特别是对满汉文合璧《三国志通俗演义》的满译文研究相当细致，比较客观地评论了《三国志通俗演义》满译文的独特风格。这对学习满文或专门研究满文译著而言，具有一定的参考价值和借鉴作用。不过应该明确指出：庄吉发先生使用的所谓"李卓吾原评《三国志》满汉文合璧本"，毫无疑问是一种经过后人重新整理、修补而装订的满汉文合璧《三国志通俗演义》文本，它与真正的"李卓吾原评《三国志》"没有直接关系。笔者还认为，庄吉发先生在鉴别和使用满汉文合璧《三国志通俗演义》文本方面，出现了严重差错。他或许选用了 2015 年的台湾影印本《满文三国志》（Reprinted by CHENG WEN PUBLISHING CO. LTO，八册，大 32 开）。其底本应为旧金山中国资料中心复制的满汉文合璧本（1975），即法国国家图书馆所藏满汉文合璧《三国志通俗演义》之最早影印本。

# 第二章　纯满文《三国志通俗演义》
## 刊本形式考辨

　　长期以来，国内外满学家们所著录和研究的纯满文《三国志通俗演义》刊本仅有一种，即清朝顺治七年的纯满文《三国志通俗演义》刊本。而对清朝康熙年间翻刻的纯满文《三国志通俗演义》，学界几乎没有进行过著录或论证。从问世时间上讲，这一翻刻本的问世时间要比清朝顺治七年的纯满文《三国志通俗演义》刊本晚十几年，但是从文本形式和思想内容上分析，其是清朝顺治七年的纯满文《三国志通俗演义》刊本的一种高水平翻刻本，二者之间存在母本与衍生本的紧密关系。本章将探讨满文意译书名——Ilan gurun i bithe 的应用问题和纯满文《三国志通俗演义》刊本及其翻刻本的文学形式特征。

## 第一节　满文意译书名——Ilan gurun i bithe 杂谈

　　满文书名——Ilan gurun i bithe，是清朝初期的满文翻译家普遍认可的、翻译《三国志通俗演义》（或称《三国志演义》《三国志传》）所用的特定满文书名。长期以来，一些学者用汉文著录或评介满文译著 Ilan gurun i bithe 时，往往将其译为史书《三国志》，抑或译为《三国演义》，无意中给读者带来了一定的阅读和理解上的困扰。因此，我们在深入研究满文《三国志通俗演义》的版本形式和思想内容时，应该首先排除以汉文翻译传统的满文意译书名——Ilan gurun i bithe 的一些失误。

本来，满语词汇中不乏"Ejetun"（意译：志）、"Suduri"（意译：史书）、"Ulabun"（意译：传、故事）等有关历史和文学著作的专有名词。然而，大约在清朝顺治五年（1648）底，多尔衮敕命内三院大学士祁充格、刚林、范文程等七大臣"着译《三国志通俗演义》，刊刻颁行"（Ilan gurun i bithe be ubaliyambume arafi folofi selgiye）时，直接使用了 Ilan gurun i bithe 这一简短的满文意译书名。于是主要翻译官能图、叶成格等人，完全迎合多尔衮的译书主张，就把他们翻译的《三国志通俗演义》称为 Ilan gurun i bithe，而没有说明翻译底本的详细情况。再者，作为总校官的祁充格、刚林、范文程等七大臣，在顺治七年正月十七日的"奏文"中也使用了 Ilan gurun i bithe 这个满文意译书名。

其实，按照满族语言表达习惯和以满文翻译汉籍的通例，《辽史》《金史》《元史》等三国的史书可通称为 Ilan gurun i bithe，史书《三国志》和小说《三国志通俗演义》（或称《三国志演义》《三国志传》）的书名也可译为 Ilan gurun i bithe。所以说，在满族语言文字的特定环境中，Ilan gurun i bithe 这个书名，实有一定的泛指功能。因而，康熙年间的纯满文翻刻本《三国志通俗演义》的编辑人员，没有随意更改他们所用的底本固有的满文意译书名——Ilan gurun i bithe。而雍正年间的满汉文合璧《三国志通俗演义》刊本的编辑人员，却将传统的满文意译书名——Ilan gurun i bithe 译为《三国志》。

可以说，在清朝中晚期形成的很多纯满文抄本的满文题署并不一致。其中，有的题署为 Ilan gurun i Ejetun（意译：三国志）；有的题署为 Ilan gurun i Ulabun（意译：三国故事）；而有一些抄本的封面、卷首或卷末中出现了满汉文合璧题署。例如，新疆人民出版社影印出版的一部纯满文《三国志通俗演义》中，出现了"Ilan gurun i bithe/三国之书 卷二 上"、"Ilan gurun i bithe/三国书"、"Ilan gurun i bithe/三国志 卷十七 上"和"Ilan gurun i bithe/三国志 二十四卷 下"等不统一的题署。①

经过版本形式比勘研究，可以肯定的是，满汉文合璧《三国志通俗演义》刊本的编辑人员和出版商，按照当时出版界频繁刊印《三国志通俗演义》的惯例，仿效《李卓吾原评/绣像古本/三国志/吴郡绿荫堂藏版》的版式特征，专门使用了以假乱真的"满汉文合璧书名——Ilan gurun i bithe/三国志"。其结果，正如《三国演义》研究专家侯会所说："……这么一看，《三国志演义》把《三国志》嵌在书名里，有'攀高枝'的嫌疑。打着史书、显学的大旗来张扬文学作品，拿《三国志》当招牌来抬高身价，因为这二者地位相差太大了。当然从另一方面讲，《三国演义》确实从《三国志》里攫取了大量素材，这二者是密不可分的。"②

这里还应该指出，当我们讨论"满文意译书名——Ilan gurun i bithe"和"满汉文合璧书名——Ilan gurun i bithe/三国志"的应用情况时，有必要首先对达海未能译竣的《三国志》是不是《三国演义》这个问题，进行版本学和翻译学考查。

① 贺灵主编《锡伯族民间传录清代满文古典译著辑存》（上册），新疆人民出版社，2010，第 57、524、799、822 页。
② 陈建功名誉主编，傅光明主编《插图本纵论三国演义》，山东画报出版社，2006，第 91 页。

据《满文原档》记载，达海巴克什不幸病故于天聪六年（1632）。他翻译未竣的多种汉籍中，就有《三国志》：

……Dahai baksi dolo ulhifi mujilen efujeme songgolo，nimeku dabanafi gisun hendume muteheko，nikan bithe be manju gisun i ubaliyabume yooni arahangge Wanboo，Beidere jurgan i būik□，Su šū，San lio，Jai eden arahangge. Tung jian，Loo too，Mengdz，San guwe jy，Daicing ging be arame deribuhe bihe. ……/达海巴克什心喻含泪，然病已危笃，口不能言矣。其平日所译汉书（以其满语所译汉书），有《万宝全书》、《刑部会典》、《素书》、《三略》，俱已成帙。时方译《通鉴》、《六韬》、《孟子》、《三国志》、《大乘经》，未译竣而卒。①

这就充分证实，达海翻译未竣的 San guwe jy，是史书《三国志》，而非文学名著《三国演义》。换言之，作为精通汉族历史文化，将额尔德尼创制的老满文改进为新满文的达海贤者，在翻译《三国志》时，使用的是满文音译（音写）书名——San guwe jy，而不是 San guwe yan yi 或者满文意译书名——Ilan gurun i bithe。一般来讲，在达海翻译汉籍的年代里，文学名著《三国志通俗演义》的简化书名——《三国演义》，尚未被人们普遍应用。而到了清朝康熙年间，就有一些学人把《三国志通俗演义》（或《三国志演义》《三国志传》）简称《三国演义》了。例如，康熙四十七年（1708）刊印的满文 Jin ping mei bithe（《金瓶梅》）之"序"称："《三国演义》、《水浒》、《西游

---

① 冯明珠主编《满文原档》（Orginal Manchu Archives Ⅷ），台北故宫博物院，2006，第八集，第233页；《清实录》（影印本）第二册，天聪六年七月庚戌条记载，第70页。

记》、《金瓶梅》，固小说中之四大奇书……（San guwe yan yi. ∕ 三国演义 . Šui hū∕水浒 . Si io gi. ∕ 西游记 . Gin ping mei. ∕ 金瓶梅 jergi duin bithe be buya julen i dorgi ……"①

以上事实表明，康熙初期的满文翻译家们已经启用新的满文音译（音写）书名——San guwe yan yi，特意避免了使用满文意译书名——Ilan gurun i bithe 的弊端。

但是，清朝中晚期的蒋良骐、昭梿、俞正燮、王崇儒、邱炜萱、陈康祺等学人，却以野史笔记等资料为依据，将达海未译竣的史书 San guwe jy（《三国志》）之书名解读为《三国演义》，误导了不少读者和学人。例如，著名满学专家季永海说："…… 据《满文老文件》记载，天聪六年（1632）皇太极颁布了翻译《三国演义》的诏令，次年此书出现在达海译书的目录中。在达海去世前并没有译完，1650年刻本是否参考了达海的译文，不得而知。"② 2014 年，著名满学家阎崇年在其专著《清朝开国史》中提到，达海未译竣的《三国志》，"实为罗贯中的《三国演义》"。③

简言之，笔者认为，在当前的 Ilan gurun i bithe 研究中，将达海音译（音写）的书名 San guwe jy（《三国志》），多尔衮及能图、叶成格等人意译的书名 Ilan gurun i bithe 以及十八世纪初的学人音译（音写）的书名 San guwe yan yi（《三国演义》）这三者视同为《三国演义》，是极端错误的。换句话说，如何汉译传统的意译满文书名——Ilan gurun i bithe，是关系到鉴别多种满文 Ilan gurun i bithe 刊本（或抄本）中哪些是《三国志通俗演义》的满文译本，哪些是史书《三

---

① 参见本文附录之书影 2。
② 季永海：《清代满译汉籍研究》，《民族翻译》2009 年第 3 期，第 46 页。
③ 阎崇年：《清朝开国史》（上册），中华书局，2014，第 193 页。

国志》的满文译本的重要问题。所以，凡是研究满文 Ilan gurun i bithe 的学者，都应该重新审视，充分辩论之。

## 第二节　谈纯满文《三国志通俗演义》刊本的形式特征

大体上讲，清朝顺治七年的纯满文《三国志通俗演义》刊本的文本形式特征是：全书分作（六函）二十四卷，共二十四册，蓝绫封面，没有内封，文本框高 29.9 厘米，宽 20.5 厘米，白口，双栏，版心依次为：单鱼尾、满文题署"Ilan gurun i bithe"、圆圈、卷次（满文"ujui debtelin"、"jai debtelin"等）、叶码（满文）、单鱼尾。全书由卷首的"谕旨"和"奏文"、类似"三国志宗寮"的"人物表"、"小说正文"等三部分构成，而没有图像，没有编辑（出版者）的"前言"或"跋文"。

第一部分，是书首记载的多尔衮关于译刊《三国志通俗演义》的"谕旨"和大学士祁充格、刚林、范文程等七大臣的"奏文"（落款：顺治七年正月十七日）。

第二部分，由类似于"三国志宗寮"（人物表）的三国人物简介构成，即先写满文题署及卷次："Ilan gurun i bithe ujui debtelin"（可意译为：三国之书　卷一），之后依次书写了"Šū gurun i"（蜀国的）、"Wei gurun i"（魏国的）、"Wū gurun i"（吴国的）主要人物信息。其文字内容和书写样式，与嘉靖元年（1522）刊本《三国志通俗演义》的"三国志宗寮"相同。

第三部分，即小说的正文，分作二十四卷，二百四十则（节）叙述。卷首有题署及卷次"Ilan gurun i bithe ujui debtelin"（三国之书卷一）等。每卷都以十则故事构成，并在各卷首叶上以单句标目，各卷末叶上也写有相应的题署及卷次"Ilan gurun i bithe orin duici debte-lin"（三国之书 卷二十四）等。其行款，每半叶写九行字，以标准新满文从左向右书写，且在行文中插增了大量双行"小字注"。

研究表明，纯满文《三国志通俗演义》刊本的形式特征与嘉靖壬午本基本相同。二者的主要区别在于，前者既没有关于"晋平阳侯陈寿史传 后学罗本贯中编次"的题记，也没有记载蒋大器（庸愚子）弘治七年（1494）的序文以及张尚德（修髯子）嘉靖元年的序文。但书首刊载"谕旨"和"奏文"，既表明了译刊《三国志通俗演义》的目的和意义，又交代了主持译刊工作的主要人员和译著形成的具体时间。至于译者只字不提"晋平阳侯陈寿史传 后学罗本贯中编次"的原因，现在无从可考。

以往，满学专家们根据纯满文《三国志通俗演义》刊本卷首刊载的"谕旨"和"奏文"内容，特别是依据其"奏文"的落款"顺治七年（1650）正月十七日"，推断它的刻印年份为清朝顺治七年。这应该是符合实际的科学定论的。因为我国的版本学家、目录学家，就是依据明朝嘉靖元年（1522）的《三国志通俗演义》刊本卷首记载的蒋大器（庸愚子）于弘治七年（1494）所作"三国志通俗演义序"以及张尚德（修髯子）于嘉靖元年所作"三国志通俗演义引"的时代信息，断定该著作之刊刻年份为1522年。

不过，秀云博士就清朝顺治七年的纯满文《三国志通俗演义》刊本的刻印年份问题给出了另一种意见。她认为："所谓《三国志》不是陈寿所纂《三国志》，而是罗贯中所著《三国志传》（《三国志演义》）。达海肇译《三国演义》未竣而卒之后，顺治年间祁充格等人奉命续译，顺治七年（庚寅，1650）成书奏呈，顺治十七年（庚子，1660）颁赐王公群臣。""卷首附摄政王谕旨和祁充格等人进书奏文，落款顺治七年正月十七日。卷首记有顺治七年字样，但那是祁充格进书的日期，不是译刊成帙日期。根据《世祖章皇帝实录》记载顺治十七年颁赐翻译《三国志》，可以断定刻本成于顺治七年至十七年年间，而并非成于通常所说的顺治七年。"①

笔者认为，秀云博士提出的以上意见并不符合纯满文《三国志通俗演义》刊本的实际情况。她显然忽略了两个重要因素。其一，根据"谕旨"内容，可知多尔衮已经把翻译和刻印《三国志通俗演义》的艰巨任务一次性地交给了内三院大学士祁充格、刚林、范文程等七大臣："Ilan gurun i bithe be ubaliyambume arafi folofi selgiye."（着译 Ilan gurun i bithe，刊刻颁行）。而且，"谕旨"中既没有明确指定完成译写、刊刻和颁行任务的具体时限，也没有要求译稿形成之后，必须经过多尔衮本人审阅而正式刊刻。一般来讲，多尔衮代替小皇帝处理国家大事，大概不会抽出很多时间来审阅已经翻译成帙的书稿，所以谈不上由他本人再度敕令有关人员正式刻印之事。与此相反，以多尔衮高高在上、独断专行的执政风格来推断，翻译和刊刻《三国志通俗演义》的重大政治文化工程，只可提前完成，而不可有所拖延。其二，多尔衮病故于顺治七年十二月。而从顺治八年（1651）二月初起，亲政的顺治皇帝就把多尔衮判定为"谋篡皇位的大逆贼"，并颁旨追削帝号，夺庙享，革世袭爵，除宗籍，昭示于中外。于是，曾经奉命主持翻译《三国志通俗演义》的祁充格、刚林、范文程等大臣被株连，祁充格和刚林被斩，范文程被革了职（不久复原职）。

根据以上历史事实不难断言，在多尔衮"谋逆案"引发"大清洗"的政治背景下，无论在朝廷内部还是民间，都不可能有人敢于冒

① 秀云：《〈三国演义〉满文翻译研究》，中央民族大学2013年博士论文，第115页。

险而公开刻印由"皇父摄政王"多尔衮敕命翻译的纯满文《三国志通俗演义》。假如确实有人公开刊印了这一部译著,那么多尔衮的"谕旨"和祁充格、刚林、范文程等七大臣的"奏文",也不可能被刊载于(新刊译著的)卷首。所以说,卷首刊载多尔衮的"谕旨"和祁充格、刚林、范文程等七大臣"奏文"的纯满文《三国志通俗演义》,无疑是在顺治七年四月十八日之前刻印的。再者,给予多尔衮平反,恢复其名誉的是乾隆皇帝,而不是顺治皇帝本人。因此,在顺治皇帝亲政期间,正式刻印或续印纯满文《三国志通俗演义》的可能性很小。

## 第三节　纯满文《三国志通俗演义》翻刻本考辨

目前看来,国内外的满学家们所著录、评价或专门研究的满文《三国志通俗演义》刻本主要有三种,即清朝顺治七年的纯满文刻本、康熙年间的纯满文翻刻本和清朝雍正年间的满汉文合璧刻本。2018年,笔者首次发现,法国国家图书馆的"Mandchou – 119"号藏书实为清朝顺治七年的纯满文《三国志通俗演义》之一种翻刻本。而以往公开出版的多种满文古籍书目中都没有著录这一翻刻本,诸多研究满文《三国志通俗演义》的论文中也从未谈到它。

其实,该藏书为黑纸封面的线装木刻本,封面签条上的题署为 Il-an gurun i bithe。全书由三部分内容构成。

第一部分,书首刊载了"皇父摄政王"多尔衮的"谕旨"以及大学士祁充格、刚林、范文程等七大臣的"奏文"。

第二部分,书写了类似于"三国志宗寮"(人物表)的三国主要人物信息。

第三部分，是小说正文，由二十四卷二百四十则（节）叙述内容构成。每卷写十则故事，均以单句标题，而不写则（节）次数字。虽然在各卷首叶上写明了书名和卷次，如"Ilan gurun i bithe. ujui debte-lin"等（可译为：三国之书　卷一）等，但卷末叶上没写题署。版心有满文题署 Ilan gurun i bithe、圆圈，而没有卷次和叶码。正文行款：每半叶写九行字，每行写 13－15 个字不等。书中没有图像，也没有透露有关刻印底本、翻刻时间、地点和刊行者身份等信息，可见它是民间坊刻本，而非朝廷印本。

笔者通过版本学研究方法确认，它的刻印底本，就是清朝顺治七年的纯满文《三国志通俗演义》刊本，而其成书时间，大约为清朝康熙四十七年（1708），与满文《金瓶梅》（1708）的问世时间为同一年。

在此，可对法国的纯满文《三国志通俗演义》翻刻本作四个方面的文本分析，以揭示其底本之来源。

首先，清朝顺治七年的纯满文《三国志通俗演义》刊本，卷首刊载了"皇父摄政王"多尔衮的"谕旨"及大学士祁充格、刚林、范文程等人的"奏文"，并且在"谕旨"和"奏文"后面插增了一份类似于"三国志宗僚"的人物名单。翻刻本照样刊载了这些内容，而且不存在增加文字或者删减文字的问题。不过，从行款和字体上看，二者之间有所区别，即前者的行文、"谕旨"和"奏文"每半叶写七行字，正文每半叶写九行字；而后者的行文、"谕旨"和"奏文"每半叶写八行字，正文每半叶写九行字；前者的字体比较细长，刻笔浅显，印色平淡；而后者的字体精美，刻字笔画清晰，印色浓重，显然在刻印技术上超过了顺治年间的刻印水平。

其次，从版心特征上看，清朝顺治七年刊行的纯满文《三国志通俗演义》的版心有双鱼尾、满文书名 Ilan gurun i bithe、圆圈、满文卷次和满文叶码。而翻刻本的版心有双鱼尾、满文书名、圆圈等，却没有卷次和叶码。正因为该翻刻本的版心没有标记卷次和叶码，法国藏本的重新整理和装订者把原本属于卷十九的个别书叶，错误地插入卷九第 81 则"刘玄德败走江陵"之前，无意中破坏了这两则故事的情节结构。

再次，纯满文《三国志通俗演义》翻刻本的文字内容（包括双行"小字注"）与清朝顺治七年的纯满文《三国志通俗演义》完全相同。而且，二者在二十四卷的卷目、二百四十则（节）的则目（节目）以及次序设置上没有任何区别。

最后，清朝顺治七年的纯满文《三国志通俗演义》刊本在卷二十四的卷目叶中，把"王濬计取石头城"译为"Wang sin arga i ši teo ceng hecen be gaiha"，并将主人公"王濬"（Wang siyūn）的名字音写成了"Wang sin"，但在正文中把"Wang sin"改作"wang siyūn"，纠正了卷目中的音写错误。康熙年间翻刻本卷二十四中，也存在同样的"先错，后改"问题。由此可以断定，该翻刻本的刻印底本，实为清朝顺治七年的纯满文《三国志通俗演义》刊本。

# 第三章　满汉文合璧《三国志通俗演义》
## 刊本考辨

以往，学术界发现的满汉文合璧《三国志通俗演义》刊本只有一种，其中没有插图，没有"序"或"跋文"，没有透露有关编辑人员、刊行者、刊行年代、底本来源等信息。幸好，国内外的一些满学专家以跨语言比较研究的方法，热心探讨一部分馆藏的满汉文合璧《三国志通俗演义》刊本，已经基本上确认：它大约问世于清朝雍正年间。而关于它的文本形式和满、汉文翻译底本问题，学界尚未进行系统的深入研究。本章分作两节，着重分析清朝雍正年间满汉文合璧《三国志通俗演义》刊本的文本形式、特征，并对法国收藏的满汉文合璧《三国志通俗演义》刊本进行版本学考辨。

## 第一节　满汉文合璧《三国志通俗演义》刊本形式考辨

### （一）刊行的时间以及版本形式的考辨

1933 年，满学家李德启在李氏《联合目录》中著录了满汉文合璧《三国志通俗演义》刊本，但没有提及它的刊行年代问题。1964

年，日本《东洋文库满蒙文献目录》中将满汉文合璧《三国志通俗演义》刊本（四十八册）明确地著录为清朝雍正年间的坊刻本。

1983年，满学专家黄润华写道："《三国演义》满文刊本行世后，又刊印了一种满汉文合璧本，共四十八册，框高21.5厘米、宽15.5厘米，每半叶满汉文各七行，满文与顺治本同，汉文列在满文之右。从汉文中'玄'、'贞'均已避讳，而'弘'字未避这一情况推断，这一满汉合璧本应是雍正年间所刻。从其刻工、纸张及装帧情况来看，当为民间坊刻本而非大内。"①

满学专家富丽于1983年10月出版的《世界满文文献目录》（初编）中著录的是："（小说类，第9003条）三国志，满汉合璧，八函四十八册，二十四卷，元代罗贯中原著，刻本，北平图（书馆）藏品；满汉合璧，四十八册，顺治四年（1647）刊本，日本藏品；满汉合璧，四十八册，雍正年间刻本，北图、科（学院）图、民族宫、民院藏品……"②

很遗憾，富丽先生没有说明关于日本所藏四十八册"满汉合璧《三国志》"的实际情况。因此笔者怀疑富丽先生的著录有所失真。从目前的研究情况看，存世的满汉文合璧《三国志通俗演义》刊本仅有一种，即清朝雍正年间的刊本。所谓的"顺治四年（1647）刊行的满汉文合璧《三国志》"，或许根本不存在，否则学术界绝不会对此问题长时间保持沉默。

事实上，满学专家黄润华的论断非常正确。满汉文合璧《三国志通俗演义》刊本是民间坊刻本，而不是官方的刻本。虽然说在清朝雍正年间朝廷并没有把《三国志通俗演义》纳入禁毁小说之列，但是有

---

① 黄润华：《满文翻译小说述略》，《文献》1983年第2期，第7页。
② 富丽编辑《世界满文文献目录》（初编），中国民族古文字研究会，1983，第47页。

史料表明，雍正皇帝对《三国志通俗演义》并没有好感。他为了维护统治地位，曾以"引用《三国志演义》词语贬低皇上"的政治罪名，严厉处罚了个别大臣。例如，"雍正六年（1728）二月二十九日，奉上谕，郎坤着革职，枷号三个月，鞭一百发落。郎坤将三国志小说之言，援引陈奏，其罪不至于拟斩，兵刑三部，如此定拟具奏，朕览阅本章时，即疑为出自查弼纳之意，今当诸王大臣前，面加询问，知此稿果系查弼纳所定，而众人从之者。盖因查弼纳原系苏努等之党，从前曾拟斩罪，蒙恩赦宥，伊欲自掩其匪党不法之罪，故将他人轻罪，亦从重拟斩，使众人观之，以为法司之拟斩决者，其所犯之过，不过如此也，其居心甚属狡诈，着将查弼纳交部严察议奏"。①

正因为有这种政治原因，满汉文合璧《三国志通俗演义》刊本的编辑人员（或出版商）为了免遭朝廷严酷的"文字狱"政策打压，既没有公开署名，也没有透露满汉文底本来源问题。不过，满汉文合璧《三国志通俗演义》刊本的版式特征已经表明，它的佚名编辑（或出版商）仿效吴郡绿荫堂藏版李卓吾原评三国志的版式，以《三国志》充当了满汉文合璧《三国志通俗演义》刊本的汉文书名。

还需要说明的是，笔者认为清朝雍正年间的《三国志通俗演义》刊本，在近三百年来的流传过程中几乎没有发生文本形式或文字内容上的变异。笔者先后查阅过中国国家图书馆、中国民族图书馆、中国社会科学院图书馆、首都图书馆以及法国国家图书馆收藏的满汉文合璧《三国志通俗演义》刊本，最终确认这几家图书馆的藏本都属于同一个版本。大体上讲，这几家大型图书馆收藏的满汉文合璧《三国志通俗演义》刊本的卷数、册数不尽相同，而且大部分藏本存在不同程

---

① 王利器辑录《元明清三代禁毁小说戏曲史料》（增订本），上海古籍出版社，1981，第36页。

度的损坏问题。例如，首都图书馆所藏满汉文合璧《三国志通俗演义》刊本仅存 20 册。其中编号为"甲三/466"的藏书有四函 18 册。从文本内容上看，第一函，包括"三国志·姓氏"部分以及正文的卷一；第二函，共有 4 册。其第一册里写有卷十二的内容，且缺失卷首叶；第二册中写有卷一的内容；第三册中写有卷三的内容，也缺失卷首叶，但其末叶保持完整状况，其中书写的题署是"三国志·卷三"。第二函包括：第一册中写有卷十二的内容，但缺失卷首叶；第二册中续写卷十二的内容，卷末有满汉文题署"三国志 卷十二终"；第三册中写有卷二十一之内容，缺失首叶（本应为第一百二十叶）；第四册中续写卷二十一之内容。第三函是 5 册源自满汉文合璧《三国志通俗演义》刊本的抄本。其中 4 册抄本里写有卷二十二的内容，但其首叶受损，仅残存半叶。另有一函（"戊/4183"号藏书）2 册抄本，同样源自满汉文合璧《三国志通俗演义》刊本。其中一册的封面上写有汉文题署"满汉合璧三国志卷二十四下"，而叙述的故事则是卷二十三的部分内容。其函套里还留存着一张红色的长方形纸条，上面写有满文识语："Gulu Šanggiyan i tukai jai jergi hiya Fusingga"（正白旗二等侍卫福兴嘎）。这就说明，满汉文合璧 Ilan gurun i bithe/《三国志》刊本以完整的或部分精抄本的形式流传到蒙古地区，并以其满汉文合璧本的特殊优势，赢得（草原）八旗军民的青睐，对满、汉、蒙古族文化交流事业的发展起到了积极的推动作用。

**（二）清朝雍正年间的满汉文合璧《三国志通俗演义》刊本是由两大部分内容构成的**

第一部分为"三国志 姓氏"，共计 29 书叶，末叶 b 面空白，仅留有小型长条板刷印。首叶上的题署为"Ilan gurun i bithe. Ujui debtelin/三国志 卷一"，版心题署是：汉文"三国志 姓氏"，下面写有汉文"一""二"等叶数。

很显然，满汉文合璧《三国志通俗演义》刊本的"三国志 姓氏"部分与李评本的"三国志 姓氏"基本相同。其中依次书写了蜀国、魏国和吴国的皇帝、皇后、宗族、大臣的姓氏及相关信息：

Šu gurun/蜀，Han/帝，Huangheo/皇后……/Hiyanjūi ilan ha-ha jui/先主三男……/Heo jū i nadan jui/后主七男……Ambasai ge-bu/大臣名……

Wei gurun/魏，Han/帝……（五位皇后），Ambasai gebu /大臣名……，（Wū）di orin unja（sunja）/武帝二十五男……Wen di uyun haha jui/文帝九男……，Ambasai gebu/大臣名……

Wū gurun/吴，Han/帝，Huangheo/皇后……Suncuwan i ug-sun mukūn/孙权之宗族……/Ambasai gebu /大臣名……"

将这一部分与嘉靖壬午的"三国志宗寮"相比较，可发现二者在书写形式和文字内容上大同小异。有所不同之处是，满汉文合璧《三国志通俗演义》刊本中的"三国志 姓氏"，除"Ambasai gebu /大臣名"之外，没有设置"本传""列传""附传"等小项目，而嘉靖壬午的"三国志宗寮"部分设置了"本传""列传""附传"等小项目；嘉靖壬午本将关羽尊称为"关某"，而满汉文合璧《三国志通俗演义》刊本中直呼"关羽"。李评本也作"关羽"；满汉文合璧《三国志通俗演义》刊本中避讳刘玄德、楼玄、裴玄、张玄、滕胤等人名中的"玄"字和"胤"字，故意少写了最后一笔。这与李评本完全相同。

第二部分是小说正文，以满文附带汉文形式书写而成。

卷首题署为"Ilan gurun i bithe. Ujui debtelin/三国志 卷一/Wiyelen i to /目录"。全书分作二十四卷四十八册，叙述了《三国志通俗演义》的 240 则故事。书中没有"总目"，仅在各卷的首叶中以满、汉文标明了 10 则故事的题目，且"题目"中没有"第一则""第二则"等顺序数，结尾中也没有写"未知……如何（若何）……且听（看）下文分解"等套语。但各卷的末叶中写有"Ilan gurun i bithe. Ujui debtelin/三国志 卷一 终"等题署。

关于它的满、汉文底本问题，国内外的满学家们大体上提出了两种具有代表性的研究意见。

第一种意见，是由英国学者魏安提出的。他认为："……满译本的内容基本上跟嘉靖本相同，但是根据串句脱文情况可以证明满译本并不是译自嘉靖本。有几个地方嘉靖本脱文而满译本不脱文。据此满译本不可能是直接翻译嘉靖本，而应该是根据另外一个 A 支的版本翻译来的，而且该版本比嘉靖本更接近 A 支的祖本（满译本原文的传抄错误比嘉靖本要少）。满文本是内府翻译的，大概是翻译明官本《三国演义》，如督察院本或者司礼监本。……据此可以推测满译本所据的中文本子原来缺少若干叶（相当于第 13～17 则），因而这几则是据一个 B1 分支的本子（盖为李卓吾评本）补充翻译。……可知满汉本的中文部分是根据一个 B1 分支本子（盖为李卓吾评本）改写而成。……"①

另一种意见是台湾学者庄吉发于 2018 年提出的。他认为"合璧本中的满文是依据合璧本中的汉文逐句对译的，因满文与汉文是两种文字，语法不尽相同，通过翻译满文有助于了解汉文的词义"。②

① 〔英〕魏安：《三国演义版本考》，上海古籍出版社，1996，第 94～95 页。
② 庄吉发编译《〈三国志通俗演义〉满文译本研究》，（台湾）文史哲出版社，2018，第 13 页。

事实上，魏安先生和庄吉发先生的上述研究意见并不完全符合满汉文合璧《三国志通俗演义》刊本之翻译底本的实际情况。对此，笔者将在本章第二节以及后面的第四章中略加评论。

## 第二节　谈法国所藏满汉文合璧《三国志通俗演义》刊本问题

法国国家图书馆满文文献著录的满文《三国志通俗演义》有清朝顺治七年刻本一部、后世抄本三部、雍正年间满汉合璧刻本一部、乾隆《三国演义人物评图》一部。2018 年，笔者在法国国家图书馆大致查阅过这几部藏书，发现编号为"Mandchou–123"的满汉文合璧《三国志通俗演义》刊本，是经过后人重新整理装订的馆藏本。与清朝雍正年间的满汉文合璧刻本相比，它多了一个题署为"李卓吾原评/绣像古本/三国志/天下大文章/吴郡绿荫堂藏版"的内封（扉页），而其首叶题署则是"Ilan gurun i bithe. ujui debtelin /三国志卷一"。

正因为法国所藏满汉文合璧《三国志通俗演义》刊本中多出了一个不寻常的内封（扉页），台湾学者庄吉发先生将它的影印本误认为"李卓吾原评《三国志》满汉合璧本"，进而在《〈三国志通俗演义〉满文译本研究》一书中刊载了所谓"李卓吾原评《三国志》满汉合璧本卷一，蜀国人物介绍（局部）"等书影。[①]

其实，所谓的"李卓吾原评《三国志》满汉合璧本"是根本不存在的。这可以从学界熟知的几种李评本的形式特征分析中得到印证。

---

① 请参考附录 2 书影 20。

明朝崇祯年间刊行的建阳吴观明刊本《李卓吾先生批评三国志》，分120回，而不分卷，但书中有精美插图120叶；清朝康熙年间刊行的题为"李卓吾原评／绣像古本／三国志／吴郡绿荫堂藏版"，亦有图像120叶，有缪尊素"三国志演义序"（康熙丁卯二十六年），有"三国志目录""三国志宗寮姓氏"。其行款、眉批、总评，均与吴观明刊本相同，只是将眉批改成了夹批；清初吴郡藜光楼刊本，正文前题"绣像古本／李卓吾原评／吴郡藜光楼植槐堂藏版"，另有图像120叶，有"三国志宗寮姓氏"及"三国志目录"；日本早稻田文库所藏《李卓吾原评／绣像古本／三国志／吴郡绿荫堂藏版》，现存第1～72回、第78～120回，没有眉批，只有夹批和总评。

与以上几种李评本相比较而不难断定，法国国家图书馆所藏满汉文合璧《三国志通俗演义》刊本的"内封"（扉页），无疑为后人根据清朝康熙年间刊行的《李卓吾原评／绣像古本／三国志／天下大文章／吴郡绿荫堂藏版》之内封而复制的"内封"。而且从文本形式和文字内容上看，法国所藏满汉文合璧《三国志通俗演义》刊本中既没有缪尊素的"三国志演义序"，也没有"三国志目录"。尤其是它的正文部分分作二十四卷，而不是分作百二十回。这说明它与吴郡绿荫堂藏版没有密切关系。

从下面的分析中不难看出法国收藏本的主要瑕疵。

一是该藏书的内封主题署《三国志》（三个汉字），其顶端题"绣像古本"（四个汉字），右端题"李卓吾原评"（五个汉字），左上端题"天下大文章"五个篆体汉字，下面题"吴郡绿荫堂藏版"。内封右下端有方形牌记："姑苏阊门内绿荫堂业绩照书坊发□古□□

文□馆"，左下角印有个人印章，印文不太清楚，难以辨认。① 大体上看，除了内封左上端的题记"天下大文章"五个篆体汉字之外，主题署《三国志》以及"绣像古本""李卓吾原评"等题记的书写样式，与日本早稻田文库所藏《李卓吾原评/绣像古本/三国志/吴郡绿荫堂藏版》的内封完全相同。② 这足以证实，法国收藏的满汉文合璧《三国志通俗演义》刊本的内封，是由后来的重新整理装订者故意插增的。

二是该藏书中的部分文字内容，是经过修补或重新补充的。例如，卷九、卷二十三之首叶（a 面）的满文卷目是修补的，卷二十四的首叶是重新补入的。与原版本比较，可发现有两个缺陷。一个是补写的满文卷目中缺少对应的汉文题目。原版本卷九第 84 则的题目"刘玄德败走夏口"有一条满汉文"小字注"——"Te Hiya heo be o hiyen seme halahabi."（今时鄂县），而补写者没有写出"小字注"的对应汉文；虽然修补卷二十三之首叶（a 面），在"目录"项下用满文补写了前五则故事的题目，但没有写出各题目对应的汉文。另外，把卷二十二末叶上的满文题署——"Ilan gurun i bithe. orin juweci debtelin/卷二十二"中的"orin juweci debtelin"错写成了"ojon juweci debtelin"；另一个是重新装订时补充原来缺失的卷二十四之首叶（a，b 面），用满文补写了卷首题署"Ilan gurun i bithe. orin duici debtelin."、"Wiyelen i to"和十则故事题目，但没有写出对应的汉文。而且，补写者把最后一则的满文题目——"Wang siyūn arga i ši teo ceng hecen be gaiha."（"王濬计取石头城"），错写为"Wang sin arga i ši teo ceng hecen be gaiha."，即把主人公姓名（"王濬"）错写成了"Wang sin"。

① 请参见附录 2 书影 19。
② 请参见附录 2 书影 22。

　　本来，将"王濬计取石头城"中的主人公姓名（"王濬"）写成"Wang sin"的笔误，最早出现于纯满文《三国志通俗演义》刊本卷二十四之目录中。清朝康熙年间的翻刻本未能纠正这一笔误，而雍正年间刊行的满汉文合璧《三国志通俗演义》纠正了这一笔误。法国国家图书馆"Mandchou－123"号藏书的重新整理装订者完全忽略了这个问题。

　　简言之，法国国家图书馆的"Mandchou－123"号藏书，实为清朝雍正年间的满汉文合璧《三国志通俗演义》刊本。如果不从版本学角度仔细分析它的内封题署——"李卓吾原评/绣像古本/三国志/天下大文章/吴郡绿荫堂藏版"以及重新整理装订时留下的多种漏洞，那么，读者就会被藏书的表面形式迷惑，轻易相信它就是"李卓吾原评《三国志》满汉合璧本"。[①] 台湾学者庄吉发等之所以认为"合璧本中的满文是依据合璧本中的汉文逐句对译的"，就是因为他们误认为雍正年间刊行的满汉文合璧《三国志通俗演义》是"李卓吾原评《三国志》满汉合璧本"。

---

① 请参见附录 2 书影 20。

# 第四章　两种满文《三国志通俗演义》
# 刊本的翻译底本探析

　　清朝康熙年间翻刻本和清朝雍正年间的满汉文合璧《三国志通俗演义》都是清朝顺治七年的纯满文《三国志通俗演义》刊本的不同形式的演化本。由于纯满文《三国志通俗演义》刊本（包括翻刻本）和满汉文合璧《三国志通俗演义》刊本的叙事结构和满文内容完全相同，我们不妨把探讨前者的翻译底本问题，与探讨后者的汉文部分的来源问题统合起来进行研究。

　　现在，学术界还没有发现比嘉靖壬午本更早的完整《三国志通俗演义》版本。但是我们有充足的理由，可把纯满文《三国志通俗演义》刊本、满汉文合璧《三国志通俗演义》刊本以及嘉靖壬午本（覆刻本）、叶逢春刊本和李评本等版本置于一个比勘研究的大平台上，进行跨语言的文本内容对照研究，从而进一步考察纯满文《三国志通俗演义》刊本的底本来源以及满汉文合璧《三国志通俗演义》刊本之汉文部分的主要来源。本章简单讨论纯满文《三国志通俗演义》刊本的重要翻译方法和技巧，并重点比勘研究纯满文《三国志通俗演义》刊本的主要底本和满汉文合璧《三国志通俗演义》刊本之汉文部分的底本问题。

## 第一节 满译《三国志通俗演义》者的巧妙方法

清朝顺治七年的纯满文《三国志通俗演义》刊本，主要是由满族翻译家能图、叶成格等人在很短时间内完成的。研究表明，他们主要运用意译、节译和音译相结合的方法，忠实地翻译了文学名著《三国志通俗演义》。实际上，他们的翻译和校勘队伍是由满、汉、蒙古民族翻译家（包括高级文臣武将）组成的。所以说，纯满文《三国志通俗演义》刊本所体现出的翻译观念、翻译技巧和翻译艺术风格，是那些著名翻译家的思想智慧之大集成。而他们坚持的翻译原则和主要的翻译方法如下。

首先，他们翻译《三国志通俗演义》时，不是凭借自己的阅读感受而删减或保留原著的哪一部分，而是根据原著的故事情节结构和叙事模式，在不改变原来整体框架和故事情节发展脉络的前提下，合理地删减了一些认为可有可无的文字内容。主要坚持了五项原则。

（1）大量删减了原著中比较难译或者即使翻译成满文，也很难适合大多数读者审美标准和阅读习惯的诗赋和赞词。

（2）尽量删减了原著中复述性的文字，包括书中出现的小说套语，从而大幅度缩减了译文篇幅。

（3）对原著的文字内容进行灵活而合理的删减翻译，选择性地删减原著中描述人物特殊动作、心理状态的语句，力求达到译文表达精准、描述的故事情节简明而不改变原著人物形象，不造成故事情节上的断链。

（4）主要采取维系原著情节内容的、均匀式删减翻译方法，在不改变原著思想内容、情节发展次序和二百四十则故事的前提下，忠实地直译原著中不可或缺的故事情节。

（5）对书中的大量人物对话、书信、诗赋、论赞以及"未知性命如何，且听下回分解""毕竟如何，下回便见"等卷（章回）末套语，进行合理的删减翻译，特别是通过舍弃不译一些不适合满蒙读者欣赏口味的细节描写，巧妙地解决了翻译中的很多棘手问题。

其次，翻译家们通力协作，各显其能，完全按照多尔衮的"谕旨"精神，忠实地意译了《三国志通俗演义》二十四卷二百四十则故事内容。意译的主要原则和方法如下。

（1）忠实地意译了原著的大量人物对话、书信、诗赋、论赞。例如，译者们逐字逐句地翻译了嘉靖壬午本（覆刻）第113节"诸葛亮大哭周瑜"中书写有孔明致周瑜的一封信、周瑜临终呈于孙权的书信以及孔明祭奠周瑜的祭文，共计832个字符；嘉靖壬午本（覆刻）第136则"魏王宫左慈掷杯"中有一大段颇具神话故事色彩的情节描述："操大惊，赐左慈坐而问之，慈索酒肉，操令取之，饮酒五斗不醉，肉食全羊不饱。操问曰：汝有何术以至于此？慈曰：贫道于西川嘉陵峨眉山中学道三十年，忽闻石壁中有声，呼我之名，及视不见，如此者数余日，忽有天雷震碎石壁，得天书三卷，名曰遁甲/盾者变也，甲者始也/上卷名天盾，中卷名地盾，下卷名人盾。天盾者天变，地盾者地变，人盾者人变。谓能变化天地人之类也。天盾能腾云跨风，飞升大虚，地盾能穿山透石，人盾能云游四海，飞剑执刀取人首级，藏形变身。王上位极人臣，何不退步，跟贫道往峨眉山中修行，当传三卷天书与汝。操曰：吾亦久思急流勇退，奈朝廷未得其人耳。慈曰：益州刘玄德乃汉室之胄何不让此位与之，可保全身矣，不然则贫道飞剑取汝之头也！操大怒曰：此正是刘备之细作，喝左右拿下。慈大笑不止，令十数狱卒拷之，但见皮肉粉碎，左慈齁齁熟睡，全无痛楚。操取大枷铁钉钉了，铁锁锁了，送入牢中监收，操令人看守。只见枷锁尽落，左慈卧于地上，连监禁七日，并不与食，及看时，慈端坐于地上，面皮转红。去人回报曹操。操取出问之。慈曰：我数十年不食亦不妨，日食十羊亦能尽。操无可奈何……"这一段叙述文共计 602 个字符，而纯满文《三国志通俗演义》中饶有兴趣的意译了这一段神奇故事情节；嘉靖壬午本（覆刻）卷十六第 153 则"玉泉山关公显圣"中描写关公父子被擒和被斩的情形为："……公与潘璋部将马忠相遇，忽闻空中有人叫曰：'云长久住下方也，兹玉帝有诏，勿与凡夫较胜负矣。'关公闻言顿悟，遂不恋战，弃却刀马，父子归神。"这一段简短的叙述文，共计 67 个字符。而纯满文《三国志通俗演义》刊本的意译内容与之完全相同。

由此可见，能图、叶成格等翻译家不是死板地意译《三国志通俗演义》，而是自始至终运用非常灵活的选择性意译方法，精准地体现原著每一个故事的思想内容。

（2）不但意译了绝大多数带圈点（◎）的双行"小字注"，而且特意插增了一些原著所无的双行"小字注"，为读者提供了诸多方便。例如，嘉靖壬午本（覆刻）第 136 则"魏王宫左慈掷杯"中没有关于"遁甲"的带圈点（◎）的双行"小字注"。而纯满文《三国志通俗演义》中出现了诠释"遁甲"的带圈点（◎）的双行"小字注"；纯满文《三国志通俗演义》刊本第 66 则"G'o jiya arga werifi liyoo dong be toktobuha"（郭嘉遗计定辽东）中增加了一条原著所无的"小字注"："Jiyan ū serengge Guwang ū han i aniya i gebu/建武者光武之年号也。"；纯满文《三国志通俗演义》刊本第 221 则"邓艾段谷破姜维"中增加了原著所无的"小字注"："Ciyang hū serengge monggo be./羌胡即谓蒙古。"

（3）通常少数民族文字的历史和文学艺术著作中的人名、地名和相关名词术语是不能意译的。因此，纯满文《三国志通俗演义》的译者们没有随意改译或编译原著中的人名、地名和相关名词术语，而是一律进行了精准的音译（音写）。这是该译著的一大特征。例如，曹操/Ts'oots'oo；神秀/Šen sio；辽东/liyoo dong；诸葛亮/Jug'oliyang，北古口/Be g'u ku（keo）；魏延/Wei yan；前锋/Ciyan fung 等。

无可置疑，活跃于清朝顺治初年的满、汉、蒙古民族翻译家（包括高级文臣武将）之所以能够利用将近十四个多月时间把文学名著《三国志通俗演义》翻译为六函二十四卷纯满文《三国志通俗演义》，就是因为他们在深刻领悟《三国志通俗演义》的思想内涵的前提下，采取了具有创新意义的意译、节译和音译（音写）相结合的高超方法。而他们的翻译思想和翻译实践经验，成为中华民族多元历史文化的绚丽瑰宝。

## 第二节　两种满文 《三国志通俗演义》 刊本的主要翻译底本考述

从翻译学角度讲，清朝顺治七年的纯满文《三国志通俗演义》刊本，是删减汉文底本的部分诗赋、评赞和复述性文字而直译的译著。而清朝雍正年间的满汉文合璧《三国志通俗演义》刊本，则是在前者的满文右边附加相应汉文而形成的双语《三国志通俗演义》。因此，笔者将选择嘉靖壬午本（覆刻）、叶逢春刊本和李评本，做满、汉文叙事内容的比照分析，列举四十三项例证，讨论纯满文《三国志通俗演义》刊本的翻译底本和满汉文合璧《三国志通俗演义》刊本的汉文部分的来源问题。

例证1. 嘉靖壬午本（覆刻）第 10 则"虎牢关三战吕布"中写有李儒向曹操献计的几句话："儒曰：今折了上将华雄，贼势浩大，皆是袁绍为盟主，以聚众恶。绍叔袁隗见为太傅，倘或里应外合，深为不便。可先除之。请丞相亲赍大军，分投剿捕。"

纯满文《三国志通俗演义》刊本和满汉文合璧《三国志通俗演义》刊本中有对应的直译文：

Li žū hendume te dergi jiyangjiyūn Hūwa siyung kokiraha. hūlhai hūsun etenggi oho. ere gemu Yuwan šoo culhan i da oho. geren ehe be isabuha turgun. Yuwan šoo i ecike tai fu hafan Yuwan kui ubade bi. tere aikabade dorgici facuhūrame tulergi de okduku de ambula ehe. Yuwan kui be neneme wafi. cenghiyang amba cooha be gaifi geren hūlha be waki. ( 卷一/157b )

例证2. 嘉靖壬午本（覆刻）第 152 则"关云长夜走麦城"中有："此是吕蒙之计。后有诗曰：势去人离奈若何？休言百万甲兵多。吕蒙预定招降计，绝胜张良散楚歌。"（32 个字符）

纯满文《三国志通俗演义》刊本和满汉文合璧《三国志通俗演义》刊本中没有相对应的译文。

例证3. 嘉靖壬午本（覆刻）第 153 则"玉泉山关公显圣"中有两条"小字注"："临沮 ◎ 地名"；"决石 地名"（无"圈点"）。纯满文《三国志通俗演义》刊本和满汉文合璧《三国志通俗演义》刊本中没有此类"小字注"。

另外，嘉靖壬午本（覆刻）第 153 则"玉泉山关公显圣"中有：

"史官有诗赞曰：壮哉熊虎将，赳赳汉云长。功绩过韩、耿，声名重马、张。恩酬曹孟德，死报汉中王。大义参天地，英风播四方"；"又宋贤作诗以挽关公曰：少年为客离蒲东，济困扶危立大功。赳赳汉朝熊虎将，巍巍当世美髯公。时来官渡惊曹操，数尽临沮遇马忠。大义古今谁可及？令人哀怨泪痕红！"；"又史官庙赞关平曰：烈烈三分将，堂堂百战身。金戈冲杀气，铁马截征尘。报国衷心壮，随亲孝义淳。临沮天数尽，父子共归神"；"又赞美关公父子之德，仍哭其忠云：当年父子镇荆、襄、吴、魏何人敢跳梁？权欲连和求配偶，操将迁国避锋芒。子凭胆勇宁三国，父仗神威定八荒。不意吕蒙施诡计，可怜忠义一时亡"；"又赞云长父子忠义诗曰：天生虎将佐炎刘，父子胡为一旦休？千载令人思慕处，巍巍功业等伊、周！"；"赞曰：忆昔将军起解良，虎躯九尺有余长。……生作三分熊虎将，死为义勇武安王"等诗文和赞词，共计 570 个字符。

而纯满文《三国志通俗演义》刊本和满汉文合璧《三国志通俗演义》刊本中没有这些诗文和赞词。

例证 4. 嘉靖壬午本（覆刻）第 169 则"白帝城先主托孤"中有"后晋平阳侯陈寿史评曰……"；"又赞曰……"；"又历年图曰……"；"又宋贤有诗曰……"；"又胡竹窗赞美先主诗曰……"；"又宇文景昭作成都尹谒先主之庙，有赞曰……"；"又徐雪庭观史，见托孤一事，有诗赞曰……"；"又后人过白帝城永安宫有感诗曰……"等 2 段评语和 6 首诗赞。

而纯满文《三国志通俗演义》刊本和满汉文合璧《三国志通俗演义》刊本的译者，全文只翻译了其中最重要的两段评语和两首诗赞。

jin gurun i ping yang heo cen šeo sy（ši）amala beidehengge. siyan ju mujilen onco. funiyagan šumin. kengse lasha bime niyalma i sain ehe be takara. saisa be kundulerengge. g'ao dzu i adali bihebi. baturu saisa de teherebuci ombi. ju g'o liyang de majige kenehunjerakū. gurun i doro，jui be delhentume afabuhangge. yargiyan i han amban i jurgan be bahabi. julge. te i kooli be yabuhabi kai. damu ucuri. horon. faššan. bodogon wei gurun i u di de isikakū ofi. ba na komso bihebi. udu kokiraha seme facuhūrarakū. inu tubentele niyalma ifejile bihekū be tuwaci. terei arbun. ainaha seme nakahakūngge. aisi turgunde waka，jobolon de jailahangge kai. /后晋平阳侯陈寿史评曰：先主之弘毅宽厚，知人待士盖有高祖之风，英雄之气焉。及其举国托孤于诸葛亮，而心神无二，诚君臣之至公，古今之盛轨也。机权干略，不逮魏武，是以基宇亦狭。然折而不挠，终不为下者，抑揆彼之量，必不容己。非惟竟利，且以避害云尔。……（卷十七/118a－119a）

Geli beidehengge：Hūwang di werihe fulehe. jakūn tere be fusembume. dzung šan alin de horon soktun isinaha. erin be dahame ilifi saisa i mukdekengge. muduri temšere adali. yan ci aššara jakade. ioi jeo. jing jeo de ejen oho. u gurun de bithe benefi edun be tuwame hūwaliyaka. ba šu be bahafi. yung han be necihiyehe. abka na be dahūme elhe obuha. mafari miyoo inu toktoho. han i fukjin doro be ilibufi. erdemu sukdun algifi. abkai fejergi de isinaha. si be i adali. Amaga jalan be neifi. aniya goidame mukdeke. / 又赞曰：皇帝遗植，爱滋八方。别自中山，灵精是钟。顺期挺生，杰起龙骧。始于燕代，伯豫君荆。吴越凭刺，望风请盟。挟巴跨蜀，庸汉以升。乾坤复秩，宗祀惟宁。蹑基履迹，播德芳声。华夏思美，西伯其

音。开庆来世，历载攸兴。(卷十七/119a - 119 b)

Aniya goidaha nirugan de henduhengge. joo liyei gidabufi fa-cacibe. han nan de tefi. beye be fusihūn arafi baturu saisai emgi hajilafi afaha mangga. burlaha labdu bime. geli gung ilibuha. udu jobolon bihe seme erdemu jurgan be onggoho akūngge. absi sain. lio jang ni farhūn yadalinggū de. Ba šu be ja de bahafi emu hošo be kadalaha. an lo gung ni erdemu udu fosihūn bicibe. sain chengsiyang be baitalafi dulimbai gurun be sujambihe. jiyang wei. hūwang hao toose be jafara jakade. beye be huthufi gūwa de amban oho. / 又历年图曰：昭烈以败亡之余，羁旅汉南，而能屈体英杰，要结同心，摧沮劲敌，因败为功，颠沛之际，不忘德义，美矣！刘璋昧弱，侮而兼之，遂奄有巴、蜀，君临一隅。安乐公材虽下中，然委任贤相，抗衡中国，及姜、黄用事，而面缚为虏，宜矣。(卷十七/119 b - 120b)

"又宇文景昭作成都尹谒先主之庙，有赞曰：

Yan nan i enduringge han. guwan gung, jang fei emgi hajilafi. mujilen de tondo akdun be tebufi. ehe facuhūn be gederembuhe. beye loho suhe de gelerakū. jing jeo be anahūnjame gaijarakū. šu jiyūn be toktobuha. wesihun erdemu. yoo šūn de teherembi. han i soorin be ne-ifi. abka i forgon be alihabihe. delhentuhe be gūnici tokiyecehe seme wajirakū. / 燕南圣君，心存忠信。扫荡烟尘，亲冒血刃。义逊荆州，抚安蜀郡。情动关、张，德崇尧、舜。继汉华夷，代天休运。昭烈英风，赞之难尽。(卷十七/120b - 121a)

经过对读发现，纯满文《三国志通俗演义》刊本和满汉文合璧
《三国志通俗演义》刊本的满译文完全相同，而且满汉文合璧《三国
志通俗演义》刊本的汉文部分亦与嘉靖壬午本（覆刻）的评语和赞
诗相同，只有几个用词差异：非唯利/非唯竟利；升/并。

例证 5. 嘉靖壬午本（覆刻）第 113 则 "诸葛亮大哭周瑜" 中书
写有孔明致周瑜的一封信、周瑜临终呈于孙权的书信和孔明祭奠周瑜
的祭文。

纯满文《三国志通俗演义》刊本和满汉文合璧《三国志通俗演
义》刊本中也有这两封书信和一篇祭文的完整译文：

Han gurun i jiyūn ši, jung lang jiyang hafan jug'oliyang. amba
dudu gung jin xiyan šeng ni tu i fejile bithe alibuha. jug'oliyang.

čai sang ci fakcahaci absi ere erin de isitala kemuni kidume ong-
gorakū. donjici gung jin si cuwan be gaiki sembi sere. jug'oliyang
gūnici. ojorakū. ii jeo i irgen etuhun ba haksan. lio jang udu farhūn
yadalinggū bicibe. beye be tuwakiyame mutembi. Te cooha aššafi goro
dailaki seci. amasi julesi tumen ba bi. yooni gaifi gung obuki seci udu u
ci seme arga be toktobume muterakū. sun u seme inu dubede karmame
muterakū kai. ts'oots'oo udu han akū sere mujilen bicibe. kemuni ejen
i hese be aliha gebu bi. ememu mentuhun niyalma. ts'oots'oo be. c'ybi
bade ufaraha be safi. dahūme cooha ilifi. goro dailara gūnin akū sem-
bi. Te abkai fejergi ilan ubungge ts'oots'oo de juwe ubu bi. morin me-
deri de meleki. cooha be ubade tuwaki sembi. ainahai zhung yuwan i
babe tuwakiyame tehei cooha be sakdabumbini. Te sun jiyangjiyūn
cooha ilifi goro dailaki serengge. golmin arga waka. aikabade ts'oots'oo

i cooha isinjiha de giyang ni julergi be meijehe sogi gese ombikai. tuttu tehei tuwame jenderakū ofi cohome alanjiha. getuken kimcime tuwaha de jabšan kai. ( 卷 12/31b – 33a)

　　Jeo ioi hoošan de dedufi senggi songgome tanggū jergi hengkileme. genggiyen ejen gung ni sara i weiLe alibuha. bi jergi erdemu bicibe seibeni too ni jiyangjiyūn dabali gosime mujilen niyaman i gese anadafi. amba tušan be afabume. cooha be uheri kadalabuha. bi šosiha jafafi beye gaifi afame neneme ba šu be toktobufi. sirame hiyang yang be gaiki. ejen i hūturi horon de akdafi weile be galai dolo bi seme gūniha bihe. olhošoho akū ofi holkon de ehe nimeku baha. cananggi daifurara jakade. elemangga ulhiyen ulhiyen i tusa akū oho. niyalma i banjire de jalgan golmin foholon bi. yargiyan i jilakan akū. damu korso-rongge gūnin de isibuhakū. tacibure hese be bahafi donjirakū oho. Te ts ' oots' oo amargi de bifi. jase furdan elhe ojoro unde. liobei emu ujan i bade bifi. ujihe tasha i adali. abkai fejergi feile da tube be sara un-de. Te ambasa buda jetere šolo akū fon. ejen sithūfi gūnire ucuri kai. lu su tondo sijirhūn. weile be holederakū. jeo ioi funde alime gaici om-bi. niyalma bucere isika manggi sain gisun gisurembi sehebi. aikabade mini gisun inu oci. buceci be gebu niyarakū kai. bithe arara de song-gome wajirakū. jiyan an i tofohoci aniya tuweri jorgon biyei ice de bithe wesimbuhe. ( 卷 12/34a – 35b)

　　Hairakan gung jin kesi akū ofi abka gukubuhe. jalgan golmin fo-holon ningge. udu abka i haran bicibe. niyalma i mujilen efujerakūngge akū. agu i gosiha be gūnime nure hisalambi. agu i fayangga sara gese oci. mani dagilhan jaka be alime gaisu. agu be nasarangge. ajigen de tacifi. be fu de hajilafi. jurgan be ujen ulin be weihuken arame boo be icihiyafi tebuhe bihe. agu be nasarangge. se asihan de erin ujuri be ucarafi. ba i doro be ilibuki seme giyang ni julergi be ejilehe bihe. agu be nasarangge. agu i hūsun etenggi de. ba cio babe tuwakiyaha. lio jing šeng kemuni gelehe. too lu jiyangjiyūn mujilen joboho akū bihe. agu be nasarangge. agu i cira saikan ofi ajige ciyoo be bahafi sargan gaiha. han gurun i cenghiyang ni hojigon ofi gurun de derengge bihe. agu be nasarangge. agu i horon hūsun de. ejen damtun unggihekū. daci asha be tuhebuhekū. tubentele teyehe. agu be nasarangge. pu yang ho de jiyang g' an i gisureme jihe de geren gemu angga mimiha bihe. agu tubentele ejen be weilehe. agu be nasarangge erdemu amban bime. bithe coohai bodogon be yongkiyaha. buya juse i mujilen meijehe. silhi tuheke. joo jiyūn genehe. ( joo jiyūn serengge jang joo be) agu emhun jili dame maraha. tuwa i afame bata be efulehe. mangga be uhuken obuha. agu i asihan de baturu mangga yabuha be gūnimbi. agu aldasi beterere jakade senggi songgombi. tondo jurgangga mujilen sure genggiyen suktun udu gūsin se de gukucibe. gebu tanggū jalan de werihe. agu be hairame dolo akame. tuha minggan jergi muribumbi. mini Fahūn silhi wajime songgorongge lakcarakū. abka gemu tulhun oho. cooha gemu gelehe. ejen songgoro jakade geren gemu yasai muke tuhebumbi. juguliyang minde erdemu akū ofi. kemuni arga bodogon baimbihe. u gurun de aisilame. ts 'oots'oo be sujaha. han be wehiyeme. lio be aitubuha. ishunde dame ofi. gemu tusa bihe. gukure taksira jalin de ainu jobombihe. hairkan. gung jin umesi fakcaha. niyalma banjire de iletu gojime. beye akū oho manggi somibufi oron akū ohobi. agu fayangga. sara gese oci mini

mujilen be bulekuše. ereci amasi abka i fejergi de. mini gūnin be sara
niyalma akū oho kai. absi hairakan, absi usacuka. （卷 12/37b－38a）

纯满文《三国志通俗演义》刊本和满汉文合璧《三国志通俗演义》刊本的以上满译文内容完全相同，而且后者的汉文部分与嘉靖壬午本（覆刻）基本相同。

另外，嘉靖壬午本（覆刻）第 113 则"诸葛亮大哭周瑜"中有 3 条"小字注"："兵至巴丘◎地名""我军实爱酹◎音类酒一筋""昭君凛凛，公独谔谔；◎音恶。张昭欲降曹，独周瑜不肯耳"。

纯满文《三国志通俗演义》刊本和满汉文合璧《三国志通俗演义》刊本中没有以上 3 条"小字注"，但二者中都有一条关于"昭君"的"小字注"："joo jiyūn serengge jang joo be/昭君者乃张昭也"（卷十二/39a），而嘉靖壬午本（覆刻）中没有此注。

嘉靖壬午本（覆刻）第 113 则"诸葛亮大哭周瑜"中有"后史官有庙赞曰：……""后宋贤吊周瑜诗曰：……""又范石湖先生吊周瑜诗曰：……""又武成庙史臣赞曰：……""将传诗曰：……""又《咏史》诗曰：……""林迈《赤壁怀古》诗曰：……""后人有诗叹曰：……"等赞叹周瑜的七首诗文和一首赞美孔明的诗。

而纯满文《三国志通俗演义》刊本和满汉文合璧《三国志通俗演义》刊本中没有翻译这几首诗赞。

例证 6. 嘉靖壬午本（覆刻）第 90 则"群英会瑜智蒋干"中有"楼子船 ◎即战船"、"遂唤子义 ◎子义，太史慈之字也"和"'吾中计矣！'◎虽是中了计，操不肯认错"等 3 条"小字注"（《三国演义》，岳麓书社，2008，上册，第 389～391 页）。

而纯满文《三国志通俗演义》刊本和满汉文合璧《三国志通俗

演义》刊本中只选译了其中 2 条 "小字注":

> Zi i serengge, Tai ši zi i tokiyehe gebu. / 子义,太史慈之字
> 也。(卷九/129b)

> Udu terni arga de tuhecibe, Ts'oots'oo ini biye be ufaraha
> serakū. / 虽是中了计,操不肯认错。(卷九/129a,136b)

例证 7. 嘉靖壬午本(覆刻)卷十六第 153 则 "玉泉山关公显圣" 中描写关公父子被擒和被斩的情形为:"……公与潘璋部将马忠相遇,忽闻空中有人叫曰:'云长久住下方也,兹玉帝有诏,勿与凡夫较胜负矣。'关公闻言顿悟,遂不恋战,弃却刀马,父子归神。(《三国演义》,岳麓书社,2008,下册,第 646 页)" "……正说间,人报吴兵在城下,将君侯父子刀马前来招安。"(《三国演义》,岳麓书社,2008,下册,第 647 页)"……公遂从其言,入庵讲佛法,即拜普净禅师为师。"(《三国演义》,岳麓书社,2008,下册,第 647 页)"……自关公归神之后,孙权尽收荆、襄之兵,将关公父子信息招安各处人民。……"(《三国演义》,岳麓书社,2008,下册,第 649 页)

纯满文《三国志通俗演义》刊本和满汉文合璧《三国志通俗演义》刊本的译文完全相同,而且特别简短:

> Jiowei ši bade isinjici juwe ergi de alin. darhūwa ulhū fik seme
> banjihabi. jing burlahai sunjaci ging ni tubede juwe ergici buksiha
> cooha gemu gida dehe jafafi kaicame sasa tucike. Guwan gung ni yalu-
> ha morin hetu hūwaitaha futa de tafi tuhefi. Pan jang ni fejergi
> jiyangjiyūn Ma dzung de jafabuha. Guwan ping amai jafabuha be safi

dame jidare be amargi ci pan jang. Ju žan i cooha amcame isinjifi šurdeme kaha. Guwan ping emhun afahai. hūsun mohofi geli jafabuha. tere dobori ……/至决石，两下是山，山边皆芦苇败草纷乱，树木丛杂，时五更将尽，正走之间，喊声起处，两下伏兵皆用长钩套索一齐并出，先把关公坐下马于横绳绊倒，已被潘璋部将马忠所获。关平听得父已被擒，来救，背后潘璋、朱然兵追至四下围住，孤身独战力尽，亦受执。是夜……。（卷十六/33b－34a）

不难看出，以上满译文内容大体上与嘉靖壬午本（覆刻）的描写相同。译者特意删除了底本中关于"忽闻空中有人叫曰：'云长久住下方也，兹玉帝有诏，勿与凡夫较胜负矣。'关公闻言顿悟，遂不恋战，弃却刀马，父子归神"的一段话以及"史官有诗赞曰：壮哉熊虎将，赳赳汉云长。功绩过韩、耿，声名重马、张。恩酬曹孟德，死报汉中王。大义参天地，英风播四方"等大量诗赞。

这就说明，纯满文《三国志通俗演义》刊本和满汉文合璧《三国志通俗演义》刊本的满文译者虽然对底本内容进行了删减翻译，但没有随便改动关公父子被害故事的主要情节。而且根据以上删减翻译的内容，可以大致判断译者使用的翻译底本是嘉靖壬午本的覆刻本。

例证 8. 嘉靖壬午本（覆刻）第 117 则"许褚大战马孟起"中有"◎不称'虎痴'，而称虎侯者，美称也"；"◎不称'虎侯'，而称'虎痴'者，贬之也"；"◎文和，诩之表字"等 3 条"小字注"。

纯满文《三国志通俗演义》刊本和满汉文合璧《三国志通俗演义》刊本中亦有对应的 3 条"小字注"：

Hū heo serengge, Sioi cu be tasha i gese sere gisun. / 虎侯者，

号许褚为虎也。（卷十二/84b）

    Sioi cu be tasha i gese seme beliyen tasha sehebi. /许褚似虎，故名虎痴。（卷十二/85b）

    Wen heo, Jiya sioi i tokiyehe gebu. / 文和，诩之表字。（卷十二/100b）


纯满文《三国志通俗演义》刊本和满汉文合璧《三国志通俗演义》刊本的满译文完全相同，而满汉文合璧《三国志通俗演义》刊本的汉译文与嘉靖壬午本（覆刻）相比，内容相同，且文字少而精。

纯满文《三国志通俗演义》刊本和满汉文合璧《三国志通俗演义》刊本的译者不仅删去了底本的三首诗赞和一条简短的"小字注"，还把底本关于"尹公之他不忍杀子濯孺子"的"小字注"（约426个字符）编译成了特别精练的"小字注"（仅用了83个满文字符）。

例证9. 嘉靖壬午本（覆刻）第113则"诸葛亮大哭周瑜"中有9条"小字注"。纯满文《三国志通俗演义》刊本和满汉文合璧《三国志通俗演义》刊本中都没有出现相应的9条"小字注"。

例证10. 嘉靖壬午本（覆刻）卷十二"张永年反难杨修"一则中描述了曹操扯碎《孟德新书》的故事情节。其中有"曹曰：莫非古人与吾暗合欤，遂令扯碎其书烧之"一句话，而且还插增了一条"小字注"："◎柴世宗时方刊板。旧本书作板，差矣。今《孙武子》止有魏武帝注。"（《三国演义》，岳麓书社，2008，下册，第503～504页）

叶逢春刊本的"张松反难杨修"一则（卷五/81a）里写道："曹曰：莫非古人与吾暗合否，遂命破板烧之。"而且附有一条双行"小字注"："至今此书不传于世。"（卷五/81a）

李评本中没有类似注释。

纯满文《三国志通俗演义》刊本和满汉文合璧《三国志通俗演义》刊本中只有"曹曰：莫非古人与吾暗合否，遂命破板烧之"的译文，而没有"小字注"译文。

例证 11. 嘉靖壬午本（覆刻）第一则"祭天地桃园结义"中描写刘备登场的情形是："时榜文到涿县张挂去，涿县楼桑村引出一个英雄。那人平生不甚乐读书，喜犬马，爱音乐，美衣服，少言语，礼下于人，喜怒不形于色，好交友天下豪杰，素有大志。刘生得身长七尺五寸，两耳垂肩，双手过膝，目能自顾其耳，面如冠玉，唇若涂朱。中山靖王刘胜之后，汉景帝阁下玄孙，姓刘，名备，表字玄德。昔刘胜之子贞，汉武帝元狩六年封为涿郡陆城亭侯，坐酎金失侯，因此这一枝在涿郡。"

纯满文《三国志通俗演义》刊本和满汉文合璧《三国志通俗演义》刊本中均有逐字逐句翻译的满译文：

Tere bithe zho jeo de isinaha manggi. zho jeo ba i leo sang sun (ts'ūn) gebungge gašan ci emu mangga niyalma tucike. tere niyalma daci. bithe de amuran akū. yindahūn morin kumun i mudan. sain etuku de amuran. gisun komso. gocishūn i niyalma be dorolombi urgunjere. jili banjire be sereburakū. abkai fejergi sain niyalma de hajilara be buyembi. banitai gūnin amban. deye den nadan c'y juwan urgun. juwe šan meiren de isinambi. juwe gala tobgiya be tulembi. yasa ini šan be sabumbi. terei fiyan gu i adali. Femen cinuhūn ijuha gese. dzung šan jing wang lio šeng ni enen, han gurun i jingdi han i uyuci jalan i omolo. hala lio. gebu bei. tukiyehe gebu hiowande. han u di han i yuwan šeo sehe ningguci aniya. lio šeng ni jui lio jen be dzo jeo de lu ting heo fungnehe bihe. jeo nure i aisin buhe akū turgunde heo be nakabufi tuttu dzo jeo de bihebi. ╱时榜文到涿县（张挂去），涿县楼桑村引出一个英雄。那人（平生）不甚乐读书，喜犬马，爱音乐，美衣服，少言语，礼下于人，喜怒不形于色，好交友天下豪杰，素有大志。生得身长七尺五寸，两耳垂肩，双手过膝，目能自顾其耳，面如冠玉，唇若涂朱。中山靖王刘胜之后，汉景帝阁下玄孙，姓刘，名备，表字玄德。昔刘胜之子刘贞，汉武帝元狩六年封为涿郡陆城亭侯，坐酎金失侯，因此这一枝在涿郡。（卷一╱13a－14a）

嘉靖壬午本（覆刻）中另有两条"小字注"："遥望童童◎独立貌如小车盖"；"◎朱晦翁题《楼桑诗》曰：楼桑大树翠缤纷，凤鸟鸣时曾一闻。合使本枝垂百世，讵知功业只三分"。（《三国演义》，岳麓书社，2008，上册，第4页）

纯满文《三国志通俗演义》刊本和满汉文合璧《三国志通俗演义》刊本中没有这两条"小字注"，而有一条关于"酎酒"的"小字注"：

Jeo nure serengge tai miyoo de wecere nure i gebu. goloi beise aisin tucifi udambihebi. ilan jergi tebuhe nure be jeo sembi. ╱酎酒者祭太庙之酒名也，诸侯出金买之，三次所做之酒曰酎。（卷一╱14a）

嘉靖壬午本（覆刻）中只有"坐酎金失侯"这句话，却没有关于"酎酒"的"小字注"。

叶逢春刊本和李评本中既没有"坐酎金失侯"这句话，也没有相关"小字注"。

由此可见，纯满文《三国志通俗演义》刊本和满汉文合璧《三国志通俗演义》刊本关于"酎酒"的"小字注"，是译者特意增加的，为的是帮助读者了解"酎酒"之含义。

另外，嘉靖壬午本（覆刻）、李评本和叶逢春刊本都说刘备是"中山靖王刘胜之后，汉景帝阁下玄孙，姓刘，名备"。

而纯满文《三国志通俗演义》刊本和满汉文合璧《三国志通俗演义》刊本说刘备是"中山靖王刘胜之后，汉景帝阁下九世玄孙"：

Dzung Šan jing wang lio šeng ni enen, han gurun i Jingdi han i uyuci jalan i omolo. /中山靖王刘胜之后，汉景帝阁下九世玄孙。（卷一/13a）

不难推测，纯满文《三国志通俗演义》刊本和满汉文合璧《三国志通俗演义》刊本中的"九世玄孙"之说，源自嘉靖壬午本（覆刻）、叶逢春刊本和李评本以外的某一种"祖本"。

例证12. 嘉靖壬午本（覆刻）第66则"郭嘉遗计定辽东"中写有："高干夺路走脱，去投单于，……干到北番界，正迎北番左贤王……""胡人恃其边远，必不设准备……"等语。

纯满文《三国志通俗演义》刊本和满汉文合璧《三国志通俗演义》刊本第66则"郭嘉遗计定辽东"中，不仅把"北番左贤王"译为"蒙古左贤王"，又把"胡人"译成了"蒙古国人"：

G'o jiya arga werifi liyoo dong be toktobuha（卷七第88a－89b）；
g' ao g' an jugūn be turifi burlame can ioi be baime genehe. …… g' ao

g'an monggoi jecen de isinafi. monggoi dzo siyan wang be acafi; mong-
go gurun. ba i goro de ertufi urunakū belhehekūbi…….

嘉靖壬午本（覆刻）第 66 则"郭嘉遗计定辽东"中还写有郭嘉
致曹操的一封信："今闻袁熙、袁尚往投辽东，切不可加兵。公孙康
久畏袁氏吞并，往投必疑。若使兵急之，后必并力迎敌，急不可下；
若缓之，公孙康、袁氏必自相图，其势然也。"而且，书信下面写有
两首诗赋："史官有庙赞曰：……"；"又诗曰：……"。（92 个字符，
《三国演义》，岳麓书社，2008，上册，第 289 页）

纯满文《三国志通俗演义》刊本和满汉文合璧《三国志通俗演
义》第 66 则 G'o jiya arga werifi liyoo dong be toktobuha 中全文翻译了
这封重要书信，而没有翻译相关的两首诗赋：

Te donjici, Yuwan si, Yuwan šang be liyoo dong de genehe sem-
bi. ainaha seme ume cooha genere. Gung sun kang, daci liyoo dong ni
babe yuwan halangga niyalma nungnerahū seme gelembihe. tede daha-
me geneci. Gung sun kang urunakū kenehunjembi. aikabade cooha
hūdun genehede. urunakū uhei hūsun i okdofi afambi. hūdulame geneci
ojorakū. elhešehede gung sun kang. yuwan halangga niyalma ceni cisui
ishunde kicendume urunakū uttu ombi sehebi. / 今闻袁熙、袁尚往投
辽东，切不可加兵。公孙康久畏袁氏吞并，往投必疑。若使兵急
之，后必并力迎敌，急不可下；若缓之，公孙康、袁氏必自相
图，其势然也。（卷七/99b）

另外，纯满文《三国志通俗演义》刊本和满汉文合璧《三国志

通俗演义》刊本中增加了一条底本所无的"小字注"：

Jiyan ū serengge Guwang ū han i aniya i gebu/建武者光武之年
号也。（卷七/91b）

例证 13. 纯满文《三国志通俗演义》刊本和满汉文合璧《三国志通
俗演义》刊本第 221 则"邓艾段谷破姜维"中有一条增加的"小字注"：

Ciyang hū serengge monggo ba. /羌胡即谓蒙古。（卷 23/2a）

嘉靖壬午本（覆刻）、叶逢春刊本和李评本里都没有此类注释。

例证 14. 纯满文《三国志通俗演义》刊本和满汉文合璧《三国志
通俗演义》刊本第 136 则"魏王宫左慈掷杯"中各有两条关于"遁甲"
的"小字注"：Dūn serengge kūbulin. Jiya serengge teribun "；"Tiyan
dūn serengge abkai kūbilin Di dūn serengge na i kūbilin žen dūn serengge
niyalma i kūbilin i sere gisun abka na niyalma i hacin be kūbilime ubaliy-
ame bahanambi sehebi。（卷 14/74a ）

而嘉靖壬午本（覆刻）和李评本中都没有关于"遁甲"的"小
字注"。

例证 15. 纯满文《三国志通俗演义》刊本和满汉文合璧《三国志
通俗演义》刊本第 154 则"汉中王痛哭关公"的开头部分有一条关于
"华夏"的双行"小字注"：

huwa siya serengge abkai fejergi seme gisun. /华夏者即天下之
谓也。

嘉靖壬午本（覆刻）和叶逢春刊本中没有关于"华夏"的"小字注"。

例证16. 纯满文《三国演义》刊本第65则"曹操引兵取壶关"的开头部分，与嘉靖壬午本（覆刻）相同，是逐字逐句翻译的。但接下来缺译一大段文字："《甄皇后传》云：……"和"后人赞许攸曰：……"（四行诗）等内容，删去了522个字符。

例证17. 嘉靖壬午本（覆刻）第100则"关云长义释曹操"中有一条冗长的"小字注"："◎ 昔日，春秋之时，郑国有一贤大夫，名子濯孺子，深精弓矢之艺。郑使子濯孺子领兵侵卫，卫使其将庾公之斯迎之。郑兵大败，卫使庾公之斯追之。从者曰：'卫兵至近，大夫可以用箭射之。'子濯孺子曰：'今日我疾作，不可以执弓。追兵近，吾必死矣！'乘车而走。卫兵赶上，子濯孺子问曰：'追我者谁也？'左右曰：'卫将庾公之斯也。'子濯孺子曰：'吾生矣！'左右曰：'庾公之斯乃是卫国第一善射者，又与大夫无古旧之亲，何言其生也？'子濯孺子曰：'虽与我无亲，他曾于尹公之他处学艺来。尹公之他却是我的徒弟。尹公之他是个正直之人，其朋友必是正人也。我故知其人必不肯加害于我，故言我生也。'左右未信。忽果庾公之斯追至，大叫曰：'夫子何不持弓矢乎？'子濯孺子答曰：'今日吾臂痛，不可执弓也。'庾公之斯曰：'我昔日学射于尹公之他，尹公之他学射于夫子，我不忍以夫子之艺反害于夫子。虽然如此，今日之事乃君之事，我不敢废之。'遂抽矢去其箭头，发四矢而回焉。于是子濯孺子得命而还郑。天下称义。出《孟子》。"

纯满文《三国志通俗演义》刊本和满汉文合璧《三国志通俗演义》刊本第100则"关云长义释曹操"中删减翻译了这一条冗长的"小字注"，而且二者的满译文完全相同：

Julge Cun cio i fonde wei gurun i Ioi gung dzi sy, In gung dzi to de gabtame taciha bihebi. In gung dzi to, Jeng gurun i Dzi dzo žu dzi de gabtame taciha bihebi. Dzi dzo žu dzi cooha gaifi Wei gurun be dailame genefi cooha gidabufi burlara de Ioi gung dzi sy amcanafi. Dzi dzo žu dzi be wame jenderakū, sirdan i sele be tatame kaifi untohun ciktan i duin da gabtafi bederehebi. /古春秋时，卫庚公之斯，尹公之他善射，尹公之他学射于子濯孺子，子濯孺子领兵侵卫，兵败走。庚公之斯追之，不忍杀子濯孺子，去其金发乘矢而后反。（卷十/102b）

将满汉文合璧《三国志通俗演义》刊本的这一段汉文与嘉靖壬午本（覆刻）相比较，可发现其文字减少了许多，但在叙述内容上，则与嘉靖壬午本（覆刻）的"小字注"内容基本相同。这就说明，满汉文合璧《三国志通俗演义》刊本的编辑人员以直译的方法，把满文底本《三国志通俗演义》刊本的相关"小字注"节译成了汉文。

例证18. 嘉靖壬午本（覆刻）第111则"曹操大宴铜雀台"中书写了王朗的一首七言诗、钟繇的一首七言八句诗、尹氏的一首七言四句诗、曹操的两句《铜雀台赋》以及"后史官贬曹操建铜雀台的古风一篇"（十一句七言诗）。

纯满文《三国志通俗演义》刊本和满汉文合璧《三国志通俗演义》刊本的第111则"曹操大宴铜雀台"中全文翻译了王朗、钟繇的七言诗和曹操的两句《铜雀台赋》，而没有翻译有关贬曹操建铜雀台的十一句七言诗：

tong ciyo tai den de han i tehe ba inu yangsengga. muke genggiyen. alin saikan. eljendume eldekebi. ilan minggan loho ashaha niyalma suwayan jugūn be yabumbi. tanggū tumen cooha hadaha usihai bade fidahabi. edun de šeolehe huwejen aššame aisin i funghūwang maksimbi. niowanggiyan wase de，tugi banjime gu i muduri deyembi. ejen amban urgun i doroi isaha de soktoho seme ume siltara. abkai hiyan i wa be bahafi ulhi dolo tebufi bedereki sehebi. /铜雀台高壮帝畿，水明山秀竟光辉。三千剑佩趋黄道，百万貔貅现紫微。风动绣帘金凤舞，云生碧瓦玉龙飞。君臣庆会休辞醉，携得天香满袖归。(卷十二/lla－11b)

Tere bithei gisun：Tong ciyo tai den abka de nikenehebi. šurdeme tuwaci alin bira be gemu sabumbi. jerguwen de genggiyen biya bisire adali. foloho fa uce de fulahūn elden sukdun gidabuhabi. han g'ao dzu untuhuri dzo toksime uculehe. dzu（cū）bawang mudan de morin šusihalame efiyehe. ejen i wesihun erdemu yoo šūn de teherehebi. elhe taifin tumen aniya ojoro be buyere. /诗曰：铜雀台高接上天，凝眸览遍旧山川。栏杆屈曲留明月，窗户玲珑压紫烟。汉祖歌风空击筑，定（楚）王戏马谩加鞭。主人盛德齐尧舜，愿乐升平万万年。(卷十二/12b－13a)

满汉文合璧《三国志通俗演义》刊本的汉文诗句与嘉靖壬午本（覆刻）相同。李评本里也有此诗，但与嘉靖壬午本（覆刻）相比，有两个用词上的差异：按/接；系/击。

Tere bithei gisun：Bi emhun den tai de oksome yabume. tumen bai alin bira be tuwambi sehebi. /吾独步高台，俯观万里之山河。(卷十二/17a 叶)

满汉文合璧《三国志通俗演义》刊本的汉文诗句与嘉靖壬午本（覆刻）相同。

另外，纯满文《三国志通俗演义》刊本和满汉文合璧《三国志通俗演义》刊本第111则"曹操大宴铜雀台"中有三条"小字注"：

Tong ciyo taisun i cecike sere gisun. ／铜雀乃铜雀之谓也；Ioi long，tai i muduri sere gisun. ／玉龙谓台之龙也；Jin fung，aisin i fonghūwang sere gisun. ／金凤乃金凤之谓也。（卷十二/5a）

将满汉文合璧《三国志通俗演义》刊本的满文"小字注"与纯满文《三国志通俗演义》刊本的"小字注"相比较，可发现二者之间只有一词之差：tai i muduri/gu i muduri。

而嘉靖壬午本（覆刻）、叶逢春刊本中没有与之对应的"小字注"。

例证19. 嘉靖壬午本（覆刻）第95则"曹孟德横槊赋诗"中生动地描述了曹操酒酣作歌的情形，其歌词为："对酒当歌，人生几何！譬如朝露，去日苦多。慨当以慷，忧思难忘。何以解忧，惟有杜康。青青子襟，悠悠我心。呦呦鹿鸣，食野之萍。我有嘉宾，鼓瑟吹笙。皎明如月，何时可掇？忧从中来，不可断绝！越陌度阡，枉用相存。契阔谈宴，心念旧恩。月明星稀，乌鹊南飞。绕树三匝，何枝可依？山不厌高，水不厌深。周公吐哺，天下归心。"

李评本第四十八回中亦有曹操酒酣的歌词，其内容与嘉靖壬午本（覆刻）之曹孟德横槊赋诗基本相同，二者在用词上略有差异：去日无多/去日苦多；青青子衿/青青子襟。

纯满文《三国志通俗演义》刊本和满汉文合璧《三国志通俗演

义》刊本中全文翻译了曹操的歌赋：

Nure de bakcilame uculeci acambi. niyalma udu se bahambi. dui-
buleci cimari erde silenggi adali jobofi generengge ambula. katunjacibe
akacuka. joboro gūnin be ongguro mangga. ališara be sartaburengge damu
arki nure. yacin etuku i agu be dolo kemuni gūnimbi. buhu murame
hūlame bihan i orho be jembi. bi sain andaha be bahafi. se fitheme wan-
caka ficara bihe. biya i adali genggiyen. mergese be gūnirengge ai erin
de nakambi. dorgici ališame jiderebe lashalaci ojorakū. alin bihan be
doome gūnihangge mekele oho. gucu giyalabufi gisurecibe. jecibe. mu-
jilen fe baili be gūnimbi. biya i genggiyen de usiha seri. gaha julesi
deyeme moo be ilan jergi šurdeci doore gargan akū. alin den be eler-
akū. muke šumin be elerakū. jeo gung ašuka buda be waliyara de abkai
fejergi mujilen dahahabi. /对酒当歌，人生几何！譬如朝露，去日
无多。慨当以慷，忧思难忘。何以解忧，惟有杜康。青青子襟，
悠悠我心。呦呦鹿鸣，食野之萍。我有嘉宾，鼓瑟吹笙。皎明如
月，何时可辍？忧从中来，不可断绝！越陌度阡，枉用相存。契
阔谈宴，心念旧恩。月明星稀，乌鹊南飞。绕树三匝，何枝可
依？山不厌高，水不厌深。周公吐哺，天下归心。（卷十/50b –
51b）

例证20. 嘉靖壬午本（覆刻）第111则"曹操大宴铜雀台"中有
"尹氏有一首诗，单道王莽奸邪处，后人读此诗有感，因而可以拟曹
操也，诗曰：周公恐惧流言日，王莽谦恭下士时。假使当年身便死，
一生真伪有谁知。"

尹氏的诗文下面"有古风一篇云：邺中山青水如练，老瞒雄据作宫殿。穷奢极多兴群怨，诈力欺天天肯眷？东风只与周郎便，云散烟飞事都变。铜雀台高春日转，二桥空锁芙蓉面。不似朝阳贮飞燕，英雄一去不复见，古瓦与人磨作砚。"（《三国演义》，岳麓书社，2008，上册，第469页）

李评本中有这两首诗，叶逢春刊本中没有这两首诗。

纯满文《三国志通俗演义》刊本和满汉文合璧《三国志通俗演义》刊本中没有这两首贬斥曹操的诗文。

嘉靖壬午本（覆刻）第111则"曹操大宴铜雀台"中还写有曹操的一句"铜雀台赋"："吾独步高台，俯观万里之山河。"而且，在它下面还有一条"小字注"："◎此两句有旁如无人之意。""小字注"下面写有一首贬曹操的诗："后史官贬曹操建铜雀台，诗曰：……"（11句诗，共计88个字符）

纯满文《三国志通俗演义》刊本和满汉文合璧《三国志通俗演义》刊本中只保留了曹操的一句"铜雀台赋"。

例证21. 嘉靖壬午本（覆刻）第112则"诸葛亮三气周瑜"中有程昱和曹操之间的一段对话："……操闻之手脚慌乱，投笔于地，程昱曰：'丞相在万军之中，矢石交攻之际未尝动心，今闻刘备得了荆州，何以惊耶？'操曰：'刘备人中之龙也。平生未尝得水；今得荆州，如困龙入于大海。孤安得不动心哉！'……"（《三国演义》，岳麓书社，2008，上册，第471页）

叶逢春本卷五"曹操大宴铜雀台"一则中也有程昱和曹操之间的一段对话："程昱曰：主人在万军之中矢石交攻之际，未尝心动，今闻刘备得荆州，何失惊耶？曹曰：刘备人中龙也。平生未当得水，今得荆州，是困龙入于大海。孤安得不动心哉！"（叶逢春刊本上册，第

637～638 页）

纯满文《三国志通俗演义》刊本和满汉文合璧《三国志通俗演义》刊本中亦有程昱和曹操之间对话的译文，而且二者的满译文内容完全相同：

Tere gisun be ts'oots'oo donjifi gala bethe gemu bekterefi. jafaha fi be na de maktaha. Ceng ioi hendume, Cenghiyang tumen coohai dolo sirdan wehe hiyahanjame afara fonde hono mujilen aššahakū. Te liobei, jing jeo be baha turgun de ainu gelembi. ts'oots'oo hendume, liobei niyalmai dorgi muduri kai. daci muke be bahara unde bihe. Te jing jeo be bahaci, muduri amba mederi de dusika gese oho. bi ainu mujilen aššahakū……/操闻之手脚慌乱，投笔于地，程昱曰：丞相在万军之中，矢石交攻之际未尝动心，今闻刘备得了荆州，何以惊耶？操曰：刘备人中之龙也。平生未尝得水，今得荆州，如困龙入于大海，孤安得不动心哉。（卷十二/17a－b）

以上满汉文合璧《三国志通俗演义》刊本的汉文内容与嘉靖壬午本（覆刻）基本相同。

例证22. 嘉靖壬午本（覆刻）第51则"云长延津诛文丑"中叙述了关公拜受"汉寿亭侯之印"的三人对话："……辽赍印回见曹公，说云长推辞不受。操曰：'曾看印否？'辽曰：'云长见印来。'操曰：'吾失计较也。'遂教销印匠销去字，别铸印文六字'汉寿亭侯之印'，再使张辽送去。公视之笑曰：'丞相知吾意也。'遂拜受之。……"（《三国演义》，岳麓书社，2008，上册，第220页）

关于"三人对话"，李评本所描述的情形与嘉靖壬午本（覆刻）

基本相同："……辽赍印回见曹操，说云长推辞不受。操曰：'曾看印否？'辽曰：'云长见印来。'操曰：'吾失计较也。'遂教销印，别铸印文六字'汉寿亭侯之印'，再使张辽送去。公视之，笑曰：'丞相知吾意也。'遂拜受之……"（李评本，第二十六回/2b）

纯满文《三国志通俗演义》刊本和满汉文合璧《三国志通俗演义》刊本第51则"云长延津诛文丑"中也描述了关公拜受"汉寿亭侯之印"的三人对话：

……Jangliyoo hendume, yūn cang doron be tuwaha. ts'oots'oo hendume, bi gūnime ufaraha seme. uthai doron be efulefi. encu doron hungkerefi han šeo ting heo doron seme bithe arafi. dasame jangliyoo be benebure jakade. guwan gung tuwafi injefi hendume. cenghiyang mini gūnin be sahani seme niyakūrame alime gaiha. /……辽赍印回见曹操，说云长推辞不受。操曰：曾看印否？辽曰：云长看见印来。操曰：吾失计较也。遂教销印，别铸印汉寿亭侯之印，再使张辽送去。公视之笑曰：丞相知吾意也。遂拜受之。……（卷六/6a）

以上，纯满文《三国志通俗演义》刊本和满汉文合璧《三国志通俗演义》刊本的满译文内容完全相同。将满汉文合璧《三国志通俗演义》刊本的汉文部分与嘉靖壬午本（覆刻）和李评本相比较，可发现三者的内容大部分相同。相比之下，前者的叙述要比嘉靖壬午本（覆刻）和李评本的叙述精练得多。

例证23. 嘉靖壬午本（覆刻）第51则"云长延津诛文丑"中有一段关于文丑兵败的文字："……文丑军既得车仗，又来抢马，军士不依队伍，自相离乱。原来过此，只顾取物，无心厮杀。曹操人马围裹将来，文丑挺身独战，军士自相践踏。文丑止遏不住，拨回马走。操在土阜上指曰：文丑乃河北名将，谁可擒之？二将飞马而出去，操视之，乃张辽、徐晃也。二将追赶文丑至近，大叫贼将休走……"（《三国演义》，岳麓书社，2008，上册，第220页）

李评本关于文丑兵败的叙述是："……文丑军，既得车仗，又来抢马，军士不依队伍，自相离乱。曹却令军将，一起下土阜来击之，文丑军大乱，原来过此，只顾取物，无心厮杀。曹操人马围将来，文丑挺身独战，军士自相践踏。文丑止遏不住，拨回马走。操在土阜上指曰：文丑在河北为名将，谁可擒之？二将飞马出去，操视之，乃张辽、徐晃也。二将追赶至近，大叫文丑休走……"（第二十六回/3a）

纯满文《三国志通俗演义》刊本和满汉文合璧《三国志通俗演义》刊本第51则"云长延津诛文丑"中亦有关于文丑兵败情形的译文，而且二者的译文内容完全相同：

……Wen ceo i cooha sejen i aika jaka be bahafi. geli morin turime gaime. jalan si be waliyafi. balai facuhūrambi. Tereci ts'oots'oo munggan ci fusihūn cooha sindafi hūsime genere de. wen ceo emhun kadalara afaralaci hamirakū morin maribufi burlaha. ts'oots'oo munggan i ningguci jorime hendume. Wen ceo birai amargi gebungge jiyangjiyūn. we tucifi jafambi. Juwe jiyangjiyūn sasa tucike. ts'oots'oo tuwaci, Jangliyoo, Sioi hūwang juwe nofi bošome hanci amcakfi hūlame, Wen ceo si ume burlara. ……/……文丑军既得车仗，又来抢马，不依队伍，自相离乱。曹操却令军将一起下土阜来击之，文丑挺身独战，止遏不住，拨回马走。操在土阜上指曰：文丑在河北为名将，谁可擒之？二将飞马出去，操视之乃张辽、徐晃也。二将

追赶至近大叫，文丑休走！……（六卷/8a－8b）

以上文摘表明，满汉文合璧《三国志通俗演义》刊本的汉文部分，与嘉靖壬午本（覆刻）李评本的叙述大致相同。但从叙述内容的比较上看，满汉文合璧《三国志通俗演义》刊本的编辑人员译写"云长延津诛文丑"的汉文部分，主要参照了嘉靖壬午本（覆刻）。

另外，嘉靖壬午本（覆刻）第51则"云长延津诛文丑"中有三条"小字注"："◎阜，土山也"；"◎此是玄德极枭雄处"；"阳武：◎地名"。

李评本第二十六回中有两条注释："延津在大名府滑县境"；"地名：'阳武'"。

纯满文《三国志通俗演义》刊本和满汉文合璧《三国志通俗演义》刊本第51则"云长延津诛文丑"中没有类似的"小字注"。

再说，嘉靖壬午本（覆刻）第51则"云长延津诛文丑"中有一首诗赞："后有诗赞关公诛文丑：誓把功勋建，须将恩义酬。奋身诛虎豹，用命统貔貅。白马颜良死，延津文丑休。英雄谁可似？不负寿亭侯！"（《三国演义》，岳麓书社，2008，上册，第221页）

李评本中也有这一首诗赞（第26回/4a）。

而纯满文《三国志通俗演义》刊本和满汉文合璧《三国志通俗演义》刊本里没有翻译赞美关公诛文丑的诗赞。

例证24. 嘉靖壬午本（覆刻）第136则"魏王宫左慈掷杯"中有一大段颇具神话故事色彩的情节描述：

操大惊，赐左慈坐而问之。慈索酒肉，操令取之，饮酒五斗不醉，肉食全羊不饱。操问曰：汝有何术以至于此？慈曰：贫道于西川嘉陵峨眉山中学道三十年，忽闻石壁中有声，呼我之名，及视不见，如此者数余日，忽有天雷震碎石壁，得天书三卷，名曰遁甲/盾者变也，甲者始也/上卷名天盾，中卷名地盾，下卷名人盾。天盾者天变，地盾者地变，人盾者人变。谓能变化天地人之类也。天盾能腾云跨风，飞升大虚，地盾能穿山透石，人盾能云游四海，飞剑执刀取人首级，藏形变身。王上位极人臣，何不退步，跟贫道往峨眉山中修行，当传三卷天书与汝。操曰：吾亦久思急流勇退，奈朝廷未得其人耳。慈曰：益州刘玄德乃汉室之胄何不让此位与之，可保全身矣，不然则贫道飞剑取汝之头也！操大怒曰：此正是刘备之细作，喝左右拿下。慈大笑不止，令十数狱卒拷之，但见皮肉粉碎，左慈齁齁熟睡，全无痛楚。操取大枷铁钉钉了，铁锁锁了，送入牢中监收，操令人看守。只见枷锁尽落，左慈卧于地上，连监禁七日，并不与食，及看时，慈端坐于地上，面皮转红。去人回报曹操。操取出问之。慈曰：我数十年不食亦不妨，日食十羊亦能尽。操无可奈何……（《三国演义》，岳麓书社，2008，下册，第578页）

纯满文《三国志通俗演义》刊本和满汉文合璧《三国志通俗演义》刊本中全文翻译了这一神奇故事情节：

Ts'oots'oo ambula golofi. dzo ts'y be tebufi fonjire jakade. dzo ts'y nure yali gaji sehe manggi. ts'oots'oo ganabufi sunja malu omibuci soktorakū. emu honin i yali be ulebuci ebirakū. ts'oots'oo fonjime. sinde ai fa bifi uttu oho. dzo ts'y hendume. yadara doosy, si cuwan i bai jiya ling ni o mei san〔šan〕alin i dolo doosy ofi gūsin aniya

oho, holkon de donjici, wehei dolo mini gebu be hūlara jilgan bi, tuwaci
geli akū. tuttu ofi juwan inenggi oho manggi. holkon de abka i akjan.
wehe be darire jakade. wehe hūwajafi. abkai bithe ilan debtelin baha.
bithe i gebu tūn jia/tūn serengge kūbulin. jia serengge deribun/dergi
debtelin i gebu tiyan tūn, dulimbai debtelin i gebu di tūn, fejergi debte-
lin i gebu Žen tūn/tiyan tūn serengge, abkai kūbulin. di tūn serengge,
na i kūbulin. Žen tūn serengge. niyalma i kūbulin i sere gisun. abka na
niyalma i hacin be kūbulime ubaliyame bahanambi sehebi. /dergi debt-
elin be hūlaha de. tugi de teme[tefi] edun de mugdeme. untuhun babe
deyeme wesime mutembi. dulimbai debtelin be hūlaha de. alin be fond-
olome wehe de dosime mutembi. fejergi debtelin be hūlaha de. tugi de
tefi duin mederi be šurdeme yabume, loho be deyebume, jangkū be
maktame, niyalma i uju be gaime, helmen be somime beye be kūbulime
mutembi. wang ni soorin. amban i ten de isinahabi kai. bederefi yadara
doosy be dahame o mei san( šan) i dolo genefi. yabun be dasahade ilan
debtelin abkai bithe be sinde bure. ts'oots'oo hendume, bi inu hūdun
bedereki seme aifini gūniha bihe. damu han sain niyalma be bahara un-
de. dzo ts'y hendume. i jeo i lio hiowande han i hūncihin. tede ere
soorin be anabuha de beye be yooni karmaci ombi kai. tuttu akū
ohode. yadara doosy deyere loho i sini uju be gaimbi. ts'oots'oo ambu-
la jili banjifi hendume, ere urunakū lio bei jiyansi sefi. hashū ici ergi
niyalma be esukiyeme jafa sere jakade. dzo ts'y ambula injeme umai
nakarakū. loo tuwakiyara juwan isire niyalma be jafabufi tantame yali
sukū be gemu meijebuci. dzo ts'y kūwajarame amhame umai nimere
arbun akū. ts'oots'oo amba selhen etubufi, sele i hadahan hadafi, sele

futa futalafi, loo de horifi. tuwanabuci. selhen. sele futa be gemu sufi,
dzo ts'y na de deduhebi. umai feye fiyartun akū. emu siran i nadan in-
enggi gubci jeterengge burakū horifi geli tuwanabuci, dzo ts'y dere el-
emangga fularjame tob seme tehebi. tuwanaha niyalma ts'oots'oo de
alanjire jakade, ts'oots'oo tucibume gaifi fonjire de. dzo ts'y hen-
dume. bi ududu juwan aniya jeterakū seme inu hūwanggiyarakū. emu
inenggi juwan honin be jeci inu wajimbi. ts'oots'oo umainaci ojorakū
ofi. /操大惊，赐左慈坐而问之，慈索酒肉，操令取之，饮酒五斗
不醉，肉食全羊不饱。操问曰：汝有何术以至于此？慈曰：贫道
于西川嘉陵峨眉山中学道三十年，忽闻石壁中有声，呼我之名，
及视不见，如此者数余日，忽有天雷震碎石壁，得天书三卷，名
曰遁甲/盾者变也，甲者始也/上卷名天盾，中卷名地盾，下卷名
人盾。天盾者天变，地盾者地变，人盾者人变。谓能变化天地人
之类也。天盾能腾云跨风，飞升大虚，地盾能穿山透石，人盾能
云游四海，飞剑执刀取人首级，藏形变身。王上位极人臣，何不
退步，跟贫道往峨眉山中修行，当传三卷天书与汝。操曰：吾亦
久思急流勇退，奈朝廷未得其人耳。慈曰：益州刘玄德乃汉室之
胄何不让此位与之，可保全身矣，不然则贫道飞剑取汝之头也！
操大怒曰：此正是刘备之细作，喝左右拿下。慈大笑不止，令十
数狱卒拷之，但见皮肉粉碎，左慈鼾鼾熟睡，全无痛楚。操取大
枷铁钉钉了，铁锁锁了，送入牢中监收，操令人看守。只见枷锁
尽落，左慈卧于地上，连监禁七日，并不与食，及看时，慈端坐
于地上，面皮转红。去人回报曹操。操取出问之。慈曰：我数十
年不食亦不妨，日食十羊亦能尽。操无可奈何……（卷十四/
73b－76a）

纯满文《三国志通俗演义》刊本和满汉文合璧《三国志通俗演义》刊本的满译文完全相同，而且都写有关于"遁甲"的"小字注"；满汉文合璧《三国志通俗演义》刊本附加的汉文与嘉靖壬午本（覆刻）基本相同。

嘉靖壬午本（覆刻）中没有关于"遁甲"的"小字注"。

关于以上故事情节，叶逢春刊本和李评本的描述比较简单，但有一些笔误。例如，叶逢春刊本卷六的描述为："……忽闻石壁中有声，呼我三次，及晓分见，如此者百余白鹤，忽一日大雷震碎石壁，得天书三卷，名曰地甲天书，上卷名天盾，中卷名地盾，下卷名人盾。……慈曰：'吾十年不食亦不妨，日食十年亦尽'……"（叶逢春刊本，下册，第 811～812 页）

其中的"如此者百余白鹤"一句，不见于嘉靖壬午本（覆刻）和满汉文合璧《三国志通俗演义》刊本。

另外，叶逢春刊本把底本中的"日食十羊亦尽"一句，错写成了"日食十年亦尽"。同样，李评本也把底本中的"日食十羊亦尽"一句，错写成了"日食千羊亦能尽"（李评本第 68/10b－11b 叶）。

例 25. 嘉靖壬午本（覆刻）第 66 则"郭嘉遗计定辽东"中描述张辽斩冒顿的故事情节："操自勒马登高望之，见冒顿兵无队伍参杂不整。操与张辽曰：'虏兵不整，便可击之。'操以麾授辽，辽引许褚、于禁、徐晃分四路下山奋力急攻。冒顿大败，辽拍马斩冒顿于马下，余众投降。自名王已下，胡、汉相杂二十余万口。"（《三国演义》，岳麓书社，2008，上册，第 287 页）

纯满文《三国志通俗演义》刊本和满汉文合璧《三国志通俗演义》刊本中逐字逐句地翻译了张辽斩冒顿的故事情节：

Ts' oots' oo morin maribufi den bade ilifi tuwaci. monggo i Me te i cooha umai jalan si akū. balai facuhūn ilihabi. Ts' oots' oo. Jang liyoo i baru hendume. Monggo i cooha teksin akū. te uthai afaci ombi sefi. Jang liyoo de emu kiru buhe. Jang liyoo Sioi cu. Ioi jin Sioi hūwang be gaifi. duin jurgan i alin ci wasifi. fafuršame hahilame afara jakade. Me te i cooha ambula gidabuha. Jang liyoo morin dabkime Me te be am-canafi sacime morin ci tuhebuhe. funcehe geren gemu dahaha gebungge wang se ci fusihūn monggo nikan uheri orin tumen anggala funcembi. /

操自勒马登高望之，见冒顿兵无队伍参杂不整。操与张辽曰："虏兵不整，便可击之。"操以麾授辽，辽引许褚、于禁、徐晃分四路下山奋力急攻。冒顿大乱，辽拍马斩冒顿于马下，余众投降。自名王已下胡汉相杂二十余万口。（卷七/92b－93a）

以上，纯满文《三国志通俗演义》刊本和满汉文合璧《三国志通俗演义》刊本的满译文完全相同，而且满汉文合璧《三国志通俗演义》刊本附带的汉文也与嘉靖壬午本（覆刻）基本相同。

例证 26. 嘉靖壬午本（覆刻）第 153 则"玉泉山关公显圣"中有引自《传灯录》的一大段文字：

后《传灯录》记云：大唐高宗仪凤年间，开封府尉氏县有一秀才，累举不第，三上万言策皆不中选。遂乃出家，法名神秀，拜蕲州黄梅山黄梅寺五祖弘忍禅师为师，学大小乘之法。后云游至玉泉山，遂坐于怪树之下，见一大蟒，神秀端然不动。次日树下得金一藏，就于玉泉山创建道场，因问乡人此何庙宇，乡人答曰：乃三分时关公显圣之祠也。神秀拆毁其祠，忽然阴云四合，见关公提刀跃马于黑云之中，往来驰骤。神秀仰面问之，公具言前事。神秀即破土建寺，遂安享关公为本寺伽蓝。至今古迹尚在。神秀即六祖也。(《三国演义》，岳麓书社，2008，下册，第648页)

纯满文《三国志通俗演义》刊本和满汉文合璧《三国志通俗演义》刊本第153则"玉泉山关公显圣"中全文翻译了《传灯录》的一大段内容。二者的满译文完全相同，而且译文中都没有提及出处——《传灯录》：

Tang gurun i G'ao dzung han i ii feng sehe aniya, K'ai fung fu i harangga ioi sy( ši) hiyan i šusai ( sio ts'ai) emu ududu jergi simneci dosirakū. tumen gisun i arga alibuci inu dosirakū ofi. tuttu booci tucike bi. hūwašan i gebu Šen sio, ci jeo i harangga hūwang mei šan alin i hūwang mei sy i u dzu hūng en can sy ( ši) be sefu ( šifū) arafi. amba ajige fa be taciha bihebi. amala šurdeme yabuhai ioi cuwan san( šan) alin de isinjifi. emu ferguwecuke moo i fejile tefi umai goidahakū. emu amba jabjan edun dame jici. šen sio tehei aššahakūbi. Jai inenggi moo i fejile umbuha aisin bahafi. uthai ioi cuwan šan alin de doocang arame ging hūlame. ba i niyalma de ere ainaha miyoo seme fonjiha manggi. ba i niyalma alame. ilan gurun i fonde guwan gung ni enduri fayangga be sabuha jalin araha miyoo sehebi. Šen sio tere miyoo be efulere jakade. holkonde sahaliyan tugi duin ergici acanjifi. guwan gung loho jafafi morin yalufi tugi talman i dolo amasi julesi yabure be sabufi. Šen sio wesihun tuwame fonjici. Guwan gung nenehe weile be gemu alara jakade. Šen sio uthai emu sy arafi. tere sy de Guwan gung be ciyei lan endure seme juktehebi. te kemuni bi. Šen sio serengge lu dzu enduri inu.／大唐高宗仪凤年间，开封府尉氏县有一秀才，累举不第，上万言策皆不中选。遂乃出家，法名神秀，拜蕲州黄梅山黄梅寺五祖弘忍禅师为师，学大小乘之法。后云游至玉泉山，遂坐于怪树之下，见一大蟒，神秀端然不动。次日树下得金一藏，就于玉泉山创建道场，因问乡人此何庙宇，乡人答曰：乃三分时关公显圣之祠也。神秀拆毁其祠，忽然阴云四合，见关公提刀跃马于黑云之中，往来驰骤。神秀仰面问之，公具言前事。神秀即破土建寺，就令关公为本寺伽蓝。至今古迹尚在。神秀即六祖也。（卷十六／38b－39a）

将以上满汉文合璧《三国志通俗演义》刊本的汉文与嘉靖壬午本（覆刻）相比较，便可发现：除了前者不提"后《传灯录》记云"之外，其他方面二者基本相同，仅存在两三个用词之差异：上万言策／三上万言策；就令关公为本寺伽蓝／遂安享关公为本寺伽蓝。

纯满文《三国志通俗演义》刊本和满汉文合璧《三国志通俗演义》刊本关于关公和张飞性格的译文为：

Juwan bithe de henduhengge: Guwan gung ni bisire fonde. saisa be gingguleme daifu hafasa be kunduleme. fejergi be gusime. ishunde becunure urse. Guwan gung de habšanjiha de. Guwan gung nure omibume acabumbi. Niyalma temšendume becunumbihe de habšara be jenderakū ofi. kemuni kendurengge mafa aikabade joborahū seme. tere fon i niyalma širkedeme habšahakūbi. tuttu ofi julge te i urse gemu tukiyeme Guwan mafa seme hetumbihebi. Jang i de banjitai hatan furu. udu dergi urse be kundulecibe. fejergi niyalma be gosirakū. yaya niyalma becunufi habšaha de uru waka be fonjirakū gemu wame ofi. amala niyalma wara de geleme habšanarakū bihebi. tuttu ofi Guwan gung de irgen habšara be jenderakū. I de de irgen geleme ha-bšarakū. terei wesihun ujen ningge tuttu kai. Aamala Sung gurun i Cung ning sehe aniya Guwan gung ni enduri beye be sabure jakade. tuttu Cung ning jen jiyūn seme. fungnehebi. Siyai( Siyei) jeo bai dabsun i omo de c'y io šen sere enduri bifi. dabsun banjiburakū ojoro jakade, Guwan gung enduri hūsun i efulnehebi Amala jalan hal-ame jurgangga baturu ū an wang. Cung ning jen jiyūn ( Ts'Ung ning jen jiyūn) seme nonggime fungnehebi. Te kemuni gurun be dalime irgen be gosimbi. ／传曰：关公在生之时，敬重士大夫，抚恤下人，有互相殴骂者，告于公前，公以酒和之，后人争斗，不忍告理，常曰：恐犯爷爷也。时人为此不忍繁渎焉，故自古讫今，皆称曰：关爷爷也。张翼德平生性躁，虽敬上士，而不恤下人。凡有士卒争斗，告于飞前，不问曲直，并皆斩之。后人为此，不敢告理，但恐斩之，所以关公为人民不忍犯；翼德为人民不敢犯；其贵重也如此。后宋朝崇宁年间关公出现显圣，故封为崇宁真君。因解州盐池蚩尤神作耗，乃公神力破之。后累代加封义勇武安王崇宁真君，至今护国佑民。（卷十六／39b－41a）

纯满文《三国志通俗演义》刊本和满汉文合璧《三国志通俗演义》刊本的以上满文内容基本相同，只是前者将"崇宁真君"音写为"Ts'ung ning jen jiyūn"，而后者音写成了"Cung ning jen jiyūn／崇宁真君"。

将满汉文合璧《三国志通俗演义》刊本中附加的汉文与嘉靖壬午本（覆刻）相比较，可发现二者基本相同，其中只有几个用词上的差异："张益德平生/张益德平素"；"告于飞前/告于益德前"；"皆斩之/皆杀之"；"也如此/如此也"；"至今护国佑民/至今显圣，护国佑民"等。（《三国演义》，岳麓书社，2008，下册，第648页）

另外，纯满文《三国志通俗演义》刊本和满汉文合璧《三国志通俗演义》刊本中没有翻译"史官有诗赞曰：……"、"又宋贤作诗以挽关公曰：……"、"又史官庙赞关平曰：……"、"又赞美关公父子之德，仍哭其忠云：……"、"又赞云长父子忠义诗曰：……"以及"赞曰：……"等赞颂关公父子的37句诗赞（计565个字符）。

例证27. 嘉靖壬午本（覆刻）第154则"汉中王痛哭关公"中有一段赞美吕蒙的文字："后史官评吕蒙曰：……"（约118个字符，《三国演义》，岳麓书社，2008，下册，第651页）

纯满文《三国志通俗演义》刊本和满汉文合璧《三国志通俗演义》刊本中没有与之对应的译文。想必译者怨恨吕蒙害死了关公父子，因而删掉了史官评赞吕蒙的诗词。

例证28. 魏安先生说："……满汉本的满文和中文的关系可以从第74则中的《梁父吟》看得很清楚。《梁父吟》第九、十句，满文作'Gocika menggun i gese funiyehe šaraka sakdasa, abkai sabdara de ainu olhombi.'（白发银丝翁，岂怯皇天漏）（满汉本8：51b），跟嘉靖壬午本（覆刻）完全相同，而满文附加的中文却作'白发老衰翁，盛感皇天佑'跟B1分支无疑，可知满汉本的中文部分是根据B1分支本子（盖为李卓吾评本）改写而成。"（〔英〕魏安书：第95页）

为了澄清满汉文合璧《三国志通俗演义》刊本之汉文底本来源问题，笔者专门对比分析了嘉靖壬午本（覆刻）、叶逢春刊本和李评本的《梁父吟》与满汉文合璧《三国志通俗演义》刊本的《梁父吟》之间的文字差异。

满汉文合璧《三国志通俗演义》刊本第74则"刘玄德风雪访孔明"的《梁父吟》为:

Liyang fu i sy( ts' y) bithe:

Emu dobori amargi šahūrun edun de. tumen bade fulgiyan tugi jiramin sektehebi. untuhun i dorgici nimanggi hiyanhajame tuhefi. alin giyang ni fe be halahabi. Abkai baru oncohon tuwaci. gu i muduri becunure de, esihe sihara gese sor seme deyeme. Gaitai andande abkai fejergi de jalukabi. Gocika menggun i gese funiyehe šaraka sakdasa, abkai sabdara de ainu olhombi. eihen yalufi ajige kiyoo be doome. Mei hūwa ilhai macuha turgun de sejilembi/一夜北风寒，万里彤云厚。长空雪乱飘，改尽山川旧。仰面观太虚，想是玉龙斗。纷纷鳞甲飞，顷刻遍宇宙。白发老衰翁，盛感皇天佑。骑驴过小桥，独叹梅花瘦。（卷八/51a－51b）

经过对比，发现纯满文《三国志通俗演义》刊本和满汉文合璧《三国志通俗演义》刊本中的《梁父吟》译文完全相同。而且，满译文的内容符合嘉靖壬午本（覆刻）《梁父吟》的诗意。

嘉靖壬午本（覆刻）的《梁父吟》的诗文为："一夜北风寒，万里彤云厚。空中乱雪飘，改尽江山旧。仰面观太虚，想是玉龙斗。纷纷鳞甲飞，顷刻遍宇宙。白发银丝翁，岂惧皇天漏？骑驴过小桥，独叹梅花瘦。"（《三国演义》，岳麓书社，2008，

上册，第 318 页）

叶逢春刊本的《梁父吟》诗文为："一夜北风寒，万里彤云厚。长空雪乱飘，改尽山川旧。仰面观太虚，想是玉龙斗。纷纷鳞甲飞，顷刻遍宇宙。白发老衰翁，盛感皇天佑。"（〔日〕井上泰山编《三国志通俗演义史传》，上海古籍出版社，2009，上册，第 387 页）

而李评本的《梁父吟》诗文为："一夜北风寒，万里彤云厚。长空雪乱飘，改尽山川旧。仰面观太虚，想是玉龙斗。纷纷鳞甲飞，顷刻遍宇宙。白发老衰翁，盛感皇天佑。骑驴过小桥，独叹梅花瘦。"（第 37 回/10a – 11a）

将嘉靖壬午本（覆刻）、叶逢春刊本和李评本的《梁父吟》诗文相比较，可发现它们之间仅有个别字词和诗句上的差异：

> ……空中乱雪飘/长空雪乱飘/长空雪乱飘；
>
> 改尽江山旧/改尽山川旧/改尽山川旧；
>
> ……白发银丝翁/白发老衰翁/白发老衰翁；
>
> 岂惧皇天漏/盛感皇天佑/盛感皇天佑；
>
> 骑驴过小桥，独叹梅花瘦。/叶逢春刊本（缺）/骑驴过小桥，独叹梅花瘦。

经过对比分析，可知叶逢春刊本和李评本的"白发老衰翁，盛感皇天佑"一句诗文所表达的意思，显然不符合"白发老衰翁"面对"一夜北风寒，万里彤云厚。长空雪乱飘，改尽山川旧"而发的心理感受，而嘉靖壬午本（覆刻）的诗句——"白发银丝翁，岂惧皇天漏？"却充分反映了"白发银丝翁"之身心感触（Gocika menggun i gese funiyehe šaraka sakdasa, abkai sabdara de ainu olhombi.）。

由此不难想见，满汉文合璧《三国志通俗演义》刊本的编辑人员没有按照满文底本内容汉译《梁父吟》诗文，而是直接引用了李评本（或者叶逢春刊本）中的《梁父吟》诗文，结果出现了汉文《梁父吟》诗文不完全符合满文《梁父吟》诗文的差错。然而，魏安先生根据这一类满、汉译文之间出现的差异（将满文"Gocika menggun i gese funiyehe šaraka sakdasa, abkai sabdara de ainu olhombi."汉译成"白发银丝翁，岂怯皇天漏"或者"白发老衰翁，盛感皇天佑"）来断定"满汉本的中文部分是根据 B1 分支本子（盖为李卓吾评本）改写而成"，是缺乏说服力的论断。

例证 29. 嘉靖壬午本（覆刻）第 236 则"邓艾钟会大争功"中有四条"小字注"："◎此是姜维诈降，于中取事也"；"◎此是姜维布散流言"；"◎原来钟会善写诸家字样，因此改之"；"◎此是司马昭奸猾处"。（《三国演义》，岳麓书社，2008，下册，第 99 7～999 页）

纯满文《三国志通俗演义》刊本和满汉文合璧《三国志通俗演义》刊本"邓艾钟会大争功"里翻译了其中两条"小字注"：

dzung hui daci yaya hacin i bithei hergen i durun be arame bahan-
ambihe , tuttu ofi uthai halame araha. ／钟会样样的字体都会写，故
此就改了。（卷二十四／84a）

Ere gemu Jiyang wei firgembuhe gisun. ／此是姜维泄露之言。
（卷二十四／78b）

例证 30. 纯满文《三国志通俗演义》刊本和满汉文合璧《三国志

通俗演义》刊本第 155 则"曹操杀神医华佗"中有一条关于"太公"的"小字注":

taikung liui dzū han g'ao dzū i ama eije. / 太公乃高祖之父母。
(卷二十四/68b)

嘉靖壬午本（覆刻）里没有这一条"小字注"，说明满汉文合璧《三国志通俗演义》刊本的编辑人员为了读者阅读方便，有意识地增加了一些特别重要的"小字注"。

另外，纯满文《三国志通俗演义》刊本和满汉文合璧第 155 则"曹操杀神医华佗"中写到了吴押狱因为《青囊书》不能世传而顿足懊悔的话:

ū ya ioi bethe fahame nasame hendume, Ferguwecuke bithe be tacime mutehekūngge waka. absi hairakan. damu tumen jalan i niyalma bahafi sarkū oho seme gasaha. tuttu ofi yacin fadui bithe amaga jalan de werihekūbi. /吴押狱顿足悔之曰：神书非不能学者。惜哉：使万世之人不得知之矣。（卷十六/66a）

嘉靖壬午本（覆刻）中写的是："吴押狱顿足懊悔，曰：'不惟吾不能继此神书，可惜万代不复再见也！'"（《三国演义》，岳麓书社，2008，下册，第 656～657 页）

嘉靖壬午本（覆刻）第 155 则"曹操杀神医华佗"中还写有三首评论诗和两条"小字注"："后人有诗曰：神医妙手最为良，传得仙人海上方。愚妇焚烧真可恨，后人无复见《青囊》"；"又诗曰：奸臣曹操苦头风，不信神医有妙功。假使华佗将脑劈，尚存身在洛阳宫"；"后有诗曰：奸雄曹操立功勋，久欲临朝废汉君。只恐万年人唾骂，故言吾愿学周文"；"◎此言不信华佗而杀之，以致命尽于此"；"◎盖言权逼操反之意"。

纯满文《三国志通俗演义》刊本和满汉文合璧《三国志通俗演义》刊本中没有翻译以上三首诗文及相关"小字注"。

例证31. 嘉靖壬午本（覆刻）第156则"魏太子曹丕秉政"中有一条"小字注"："后来司马懿、司马师、司马昭三人专政吞曹，以应此之梦也。"（《三国演义》，岳麓书社，2008，下册，第658页）

叶逢春刊本中也有同样的双行"小字注"："后来司马懿、司马师、司马昭三人专政吞曹，应于此梦也。"（叶逢春刊本，下册，第957页）

纯满文《三国志通俗演义》刊本和满汉文合璧《三国志通俗演义》刊本中也有一条对应的"小字注"：

Amala sy ma i , sy ma ši, sy ma joo ere ilan nofi dasan be ejelefi. ts ' oo halai doro be turirengge be tolgikabi/ 后司马懿、司马师、司马昭此三人专政夺曹氏基业，兆于此梦。（卷十六/69b）

其中的汉文部分与嘉靖壬午本（覆刻）和叶逢春刊本大同小异，说明满汉文合璧本的汉文部分存在少量的新编成分。

例证32. 嘉靖壬午本（覆刻）第231则"钟会邓艾取汉中"中写有一条关于邓艾之死的"小字注"："◎后艾果中姜维之计，杀死于沔沮县矣。"（《三国演义》岳麓书社，2008，下册，第977页）

纯满文《三国志通俗演义》刊本和满汉文合璧《三国志通俗演义》刊本中亦有一条对应的"小字注"：

Amala deng ai miyan jū hiyan de jiyang wei i arga de bucehe. /
后邓艾于沔沮县中姜维之计而死。（卷二十四/6a）

例证 33. 嘉靖壬午本（覆刻）第 233 则"凿山岭邓艾袭川"中写有关于"二火初兴"的"小字注"："◎'二火初兴'者，乃蜀炎兴元年也；'有人越此'者，已知邓艾自此过也；'二士争斗'者，邓字士载，会字士季；'不久自死'者，艾、会果死于蜀矣。"（《三国演义》岳麓书社，2008，下册，第 986 页）

纯满文《三国志通俗演义》刊本和满汉文合璧《三国志通俗演义》刊本中也有对应的一条"小字注"：

Juwe tuwa sucungga mukdembi serengge，Šū gurun i yan sing ni
sucungga aniya be. niyalma ubabe dabambi serengge. deng ai dabame
genere be. juwe saisa temšembi serengge. deng ai dzung hūi be
gūidarakū bucembi serengge. deng ai dzung hūi yala Šū gurun de buce-
he bi. / 二火初兴者，蜀炎兴元年之谓也，有人越过此者，谓邓艾过此也，二士争斗者，谓邓艾钟会也。邓艾钟会果死于蜀地也。（卷二十四/39a）

其中的汉译"小字注"内容与嘉靖壬午本（覆刻）相比，大同小异。

例证 34. 嘉靖壬午本（覆刻）在"三国志宗寮"中避讳关羽的名字，尊呼为"关某"，且在正文中多以"关将军"或"关公"称呼。

纯满文《三国志通俗演义》刊本的"人物表"（类似于"三国志宗僚"）中同样避讳直呼"关羽"，而尊称为"关某"（Guwan mu）。

满汉文合璧《三国志通俗演义》刊本的"三国志 姓氏"部分中没有避讳关羽的名字，说明编辑人员很有可能受到了李评本"三国志姓氏"部分的直接影响。

例证 35. 嘉靖壬午本（覆刻）第 1 则中写道："关羽造八十二斤青龙偃月刀，又名'冷艳锯'。张飞造丈八点钢矛。"（《三国演义》，岳麓书社，2008，上册，第 5 页）。

而纯满文《三国志通俗演义》刊本和满汉文合璧《三国志通俗演义》刊本的满译文是：

> Guwan gung jakūnju juwe gin i cinglong jangkū duhe. tere jangkū
> i jai emu gebu leng yan jioi. Jang fei jang ba moo gida duhe /关公造八
> 十二斤青龙偃月刀，又名"冷艳锯"。张飞造丈八点钢矛。（ 卷
> 一/20a）

嘉靖壬午本（覆刻）和李评本中都有赞美关公义重的两首诗以及赞扬郭嘉的一首诗，而且诗文内容基本相同。其中，嘉靖壬午本（覆刻）写的是："又诗曰：……"，李评本却作："宋贤有诗曰：……"，二者之间差别：又/有。

例证 36. 嘉靖壬午本（覆刻）第 199 则"诸葛亮四出祁山"中有一条关于（晋）陈寿撰写《三国志》的"小字注"："后陈式之子陈寿为晋平阳侯，编《三国志》，将魏延为（证）〔正统〕，绝言孔明入寇中原。"（《三国演义》，岳麓书社，2008，下册，第 844 页）

叶逢春刊本却作："后陈成孙陈寿作三国志，将魏延为正统，言孔明入寇中原。"（叶逢春刊本下册第 1269 页）

李评本第一百回中描述了孔明斩陈式的故事情节（第 6a 页），但

没有关于陈寿撰写《三国志》的"小字注"。

纯满文《三国志通俗演义》刊本和满汉文合璧《三国志通俗演义》刊本卷二十第199则"诸葛亮四出祁山"中也有关于（晋）陈寿撰写《三国志》的"小字注"：

Amala cen ši i jui Cen šeo（yan）jin gurun de ping yang heo ofi, Ilan gurun i bithe be banjibume arara de. Wei yan i gisun de ini ama be waha seme，tuttu kung ming hūlha dzung yuwan de dosika sehe-bi./后陈式之子陈寿为晋平阳侯，作《三国志》，见魏延之言，诛其父。故谓孔明入寇中原。（卷二十/139a）

纯满文《三国志通俗演义》刊本和满汉文合璧《三国志通俗演义》刊本的满文"小字注"内容完全相同。将满汉文合璧《三国志通俗演义》刊本的汉文"小字注"与嘉靖壬午本（覆刻）的"小字注"相比较，可以发现二者之间有所差异：作《三国志》/编《三国志》；见魏延之言，诛其父/将魏延为（证）〔正统〕；故谓孔明入寇中原/绝言孔明入寇中原。

由此可见，满汉文合璧《三国志通俗演义》刊本的编辑人员直译了纯满文《三国志通俗演义》刊本的"小字注"，而没有随意改动其内容。

例证37. 嘉靖壬午本（覆刻）第86则"诸葛亮智激孙权"中，有三条简短的"小字注"和一条冗长的"小字注"："◎鲁肃听了，暗地叫苦，却将吩咐的话不依"；"◎肃又暗暗的叫苦"；"◎鲁缟，是轻绢"；"◎昔汉高祖皇帝之时……只为曾烹郦食其"。

而纯满文《三国志通俗演义》刊本和满汉文合璧刊本的第86则

"诸葛亮智激孙权"中各有两条简短的"小字注",而且二者的"小字注"内容(满文)完全相同:

> lū sū donjifi, mini tacibuha gisun be gaihakū seme hiterefi gasambi/ 鲁肃听见不依他教导之言,心里愁怨。/ 鲁肃心中暗怨。(卷九/72b);
>
> lū sū dolori dembi gasambi. / 鲁肃心中暗怨。(卷九/73b)。

例证 38. 嘉靖壬午本(覆刻)第 22 则"吕温侯濮阳大战"中有"◎此是曹操奸雄之略也""以据濮阳 ◎地名"等十一条"小字注"。叶逢春本中没有这些"小字注"。李评本中仅有一条"注释":"濮阳东郡,濮阳县,古比吾国,今濮阳州县。"(第 11 回,第 9 叶)

纯满文《三国志通俗演义》刊本和满汉文合璧《三国志通俗演义》刊本卷三第 22 则"吕温侯濮阳大战"中仅有一条"小字注":"ere ts'oots'oo i koimali jalingga arga kai. / 此曹操奸狡之计也。"(卷三/27a)

例证 39. 嘉靖壬午本(覆刻)第二则"刘玄德斩寇立功"中,生动地描写了曹操登场的情形:"……见一彪人马,尽行打红旗,当头来到,截住去路。为首闪出一个好英雄,身长七尺,细眼长髯。胆量过人,机谋出众;笑齐桓、晋文无匡扶之才,论赵高、王莽少纵横之策。用兵仿佛孙、吴,胸内熟谙韬略。官拜骑都尉,沛国谯郡人也。姓曹,名操,字孟德,乃汉相曹参二十四代孙。"很显然,其中充满了褒扬之词。

纯满文《三国志通俗演义》刊本和满汉文合璧《三国志通俗演义》刊本卷一第二则"刘玄德斩寇立功"中全文翻译了曹操登场的情形:

……julergici emu baksan i cooha fulgiyan tu tukiyefi genere
jugūn be faitame heturehe. tere baksan ci emu mangga niyalma
tucike. tere niyalma i banjihangge. beye den nadan c' i. yasa narhūn.
salu gulmin. baturu hūsun niyalma ci dulehebi. arga bodogon geren ci
tucikebi. ci hūwan gung, jin wen gung be tohorombure erdemu akū
seme basumbi. joo g' ao, wang mang be hetu undu yabure arga akū
seme leolembi. cooha baitalarangge sun dzi u dzi i adali. tunggen i dolo
lu too, san liyoo be urebuhebi. ci cu ( dū) ioi hafan pei guwe ciyoo jiyūn
i ba i niyalma, hala ts' oo, gebu ts' oo, tukiyehe gebu meng de, han gu-
run i cenghiyang ts' oo šen i orin duici jalan i omolo. / 见一彪人马，
尽行打红旗，截住去路。闪出一个英雄，身长七尺，细眼长髯。
胆量过人，机谋出众；笑齐桓、晋文无匡扶之才，论赵高、王莽
少纵横之策。用兵仿佛孙、吴，胸内熟谙韬略。官拜骑都尉，沛
国谯郡人也。姓曹，名操，字孟德，乃汉相曹参二十四代孙。
（卷一/26b－27a）

以上纯满文《三国志通俗演义》刊本和满汉文合璧《三国志通
俗演义》刊本的满译文完全相同，其中满汉文合璧《三国志通俗演
义》刊本附带的汉文与嘉靖壬午本（覆刻）基本相同。相比之下，
满汉文合璧《三国志通俗演义》刊本比嘉靖壬午本（覆刻）少写了
"当头来到""为首""好"等字。

例证 40. 嘉靖壬午本（覆刻）第 41 则"青梅煮酒论英雄"中写
到了曹操饮酒论英雄的名言："操曰：'贤弟知龙变化否？'玄德曰：
'未知也。'操曰：'龙能大能小，能升能隐；大则吐雾兴云，翻江搅
海；小则埋头伏爪，隐介藏身；升则飞腾于宇宙之间，隐则潜伏于秋

波之内。此龙阳物也，随时变化。方今春深，龙得其时。与人相比，发则飞升九天，得志则纵横四海。龙乃可比世之英雄。'"

纯满文《三国志通俗演义》刊本和满汉文合璧《三国志通俗演义》刊本中全文翻译了曹操"青梅煮酒论英雄"的名言：

Mergen deu muduri kūbulire ubaliyara be sambio. hiowande jabume sarkū. ts'oots'oo hendume. muduri serengge amban oci ombi. ajigen oci ombi. wesici ombi, somici ombi. amban oci tugi talman be dekdebumbi. giyang mederi be kūthūmbi. ajigen oci uju ošoho be so-mime emu orho de ukaci ombi. wesici abka nai sidende mukdefi bim-bi. somici muke i fere de detufi bimbi. muduri serenggge yang. erin be dahame kūbulime ubaliyambi. te niyengniyeri erin jing muduri mukdere ucuri, jalan i baturu kiyangkiyan be inu muduri de duibuleci om-bi. muduri mukdeci abkai dele tafambi. baturu kiyangkiyan erin ucarafi gūnin be baha de duin mederi dorgi de hetu undu yabumbi. / 操曰："贤弟知龙变化否？"玄德曰："未知也。"操曰："龙能大能小，能升能隐；大则吐雾兴云，翻江搅海；小则埋头伏爪，隐介藏形；升则飞腾于宇宙之间，隐则藏伏于波涛之内。此龙阳物也，随时变化。方今春深，龙得其时。与人相比，发则飞升九天，得志则纵横四海。龙可比世之英雄。"（卷五/8a－8b）

将满汉文合璧《三国志通俗演义》刊本的汉文部分与嘉靖壬午本（覆刻）相比较，可知仅有几个用词上的差异：藏身/藏形；潜伏/藏伏；秋波/波涛；龙乃可比世之英雄/龙可比世之英雄。

例证41. 嘉靖壬午本（覆刻）卷二十三"司马昭弑杀曹髦"一

则中写有曹髦的一首诗《潜龙诗》："天子曰：其龙上不在天，下不在田。居于井中，乃幽囚之兆也。遂自作潜龙诗一首。诗中之意，深疑主公也，其诗曰：伤哉龙受困，不能跃深渊。上不飞天汉，下不见于田。蟠居于井底，鳅鳝舞其前。藏牙伏爪甲，嗟我亦如然。"

纯满文《三国志通俗演义》刊本和满汉文合璧《三国志通俗演义》刊本卷二十三"司马昭弑杀曹髦"一则中全文翻译了曹髦的《潜龙诗》：

Abkai jui hendume. tere muduri wesihun seci abka de akū. fusihūn seci na de akū. hūcin i dolo dedufi farhūn bade horibuha sabi kai sefi. Uthai ini beye somibuha muduri be irgebume emu ši bithe araha. ši i dorgi gisun be tuwaci ejen gung de ambula enehunjembi. ši bithei gisun：Muduri horibuhangge absi akacuka, šumin tunggu de bahafi sebjelerakū. wesihun seci abkai bira de deyerakū. fusihūn seci na de bahafi bisirakū. hūcin i fere de hayame dedufi. uyašan meihetu juleri fekuceci arga be somifi ošoho be seferehengge ai. uthai mini adali sehebi. /天子曰：其龙上不在天，下不在田。居于井中，乃幽囚之兆也。遂作潜龙诗一首：伤哉龙受困，不能跃深渊。上不飞天汉，下不见于田。蟠居于井底，鳅鳝舞其前。藏牙伏爪甲，嗟我亦如然。(卷二十三/82a－82b)

总之，笔者将清朝顺治七年的纯满文《三国志通俗演义》刊本和清朝雍正年间形成的满汉文合璧《三国志通俗演义》刊本的文字内容（包括"小字注"）与嘉靖壬午本（覆刻）、叶逢春刊本以及李评本进行对照分析，大体上得出了以下研究结论。

一是纯满文《三国志通俗演义》刊本的主要翻译底本是嘉靖壬午本（覆刻），但不能排除译者们在翻译过程中适当参考使用过其他刊本或抄本的可能性。

二是满汉文合璧《三国志通俗演义》刊本的满文部分，源自清朝顺治七年的纯满文《三国志通俗演义》刊本（包括清朝康熙时期的翻刻本）。它的汉文部分，主要源自嘉靖壬午本（覆刻）。而且，编辑人员适当参考使用了叶逢春刊本和李评本等早期刊本（或抄本）。特别是满汉文合璧《三国志通俗演义》刊本的"三国志　姓氏"部分以及正文的卷首题署、版心题署——《三国志》等，都是效仿李评本版式特征的实证。所以说，魏安先生提出的研究意见——"……可知满汉本的中文部分是根据一个 B1 分支本子（盖为李卓吾评本）改写而成……"值得商榷。

# 第五章　满文 Ilan gurun i bithe 六种抄本管见

　　世存的题署为 Ilan gurun i bithe 的满文抄本为数不少，而从文字内容上鉴别，可将它们划分为两种完全不同的满文 Ilan gurun i bithe，即满文《三国志通俗演义》和满文《三国志》。1933 年，李德启先生在《国立北平图书馆故宫博物院图书馆满文书籍联合目录》中著录了北京故宫博物院图书馆所藏满文 Ilan gurun i bithe 抄本两种;[①] 1983 年，满学家富丽在《世界满文文献目录》中著录了苏联所藏的光绪十四年、十七年、二十一年残存抄本；宣统元年索伦海抄本（残存十张）；其他杂抄本三部;[②] 1991 年，满学家黄润华、屈六生在《全国满文图书资料联合目录》中著录了北京故宫博物院所藏顺治七年抄本二十四卷（全）；内蒙古自治区图书馆藏后世抄本二十八册；齐齐哈尔市图书馆藏后世抄本二十一册（残）；旅顺博物馆藏稿本三册（残）；其他学者著录的满文 Ilan gurun i bithe 抄本，主要有中国第一历史档案馆收藏的抄本（残缺）、中国社会科学院民族研究所收藏的抄本（残缺）、蒙古国国家图书馆的抄本（比较完整）、新疆锡伯族

① 李德启编《国立北平图书馆故宫博物院图书馆满文书籍联合目录》，于道泉校，国立北平图书馆、故宫博物院图书馆合印，1933，第 32、40 页。
② 富丽编辑《世界满文文献目录》（初编），中国民族古文字研究会，1983，第 47 页。

中流传的抄本（比较完整）等多种。而评介或专门研究上述抄本的学者并不多见。所以，笔者在本章两小节里，简述四种比较典型的满文《三国志通俗演义》抄本的文本形式特征和文字内容，以进一步追踪满文《三国志通俗演义》和满文《三国志》的流传和演化历史。

## 第一节　谈两部馆藏纯满文 Ilan gurun i bithe 抄本特征

北京故宫博物院图书馆所藏二十四卷纯满文《三国志通俗演义》抄本（新藏书号：00022520），长 28.5 厘米，宽 19.5 厘米，无边框和界栏，半叶八行，每行大约写 13~17 个字符，由多人抄写，且只用了"单点"句读号。卷首刊载了大学士祁充格、刚林、范文程等七大臣的"奏文"，落款为：顺治七年正月十七日；从内容上看，与顺治七年的纯满文《三国志通俗演义》刊本"奏文"基本相同。所以，大多数满学家认为该抄本是大学士祁充格、刚林、范文程等七大臣进献多尔衮的誊录本。然而，笔者经过比勘研究发现，该"奏文"中漏写了主要译写官能图、叶成格二人的名字（Ubaliyambume araha Ejeku hafan Nengtu，Yecengge se.），却以"Kengtei"一人代之："Ubaliyambume araha Ejeku hafan Kengtei se."。而从这一类的显著笔漏上看，该抄本或许不是最早的誊录本。

另外，据笔者考察，中国第一历史档案馆也收藏着一部纯满文《三国志通俗演义》抄本（馆藏编号：1702），属于以高丽纸抄写的早期线装本，由多人分头抄写，而抄写年代不详。该抄本现存第 6 卷至第 18 卷和第 20 卷。从抄本的形式上看，卷 15 的封面题署为满文 Ilan gurun i ejetun（《三国志》），但卷首题署是满文 Ilan gurun i bithe。从文字内容上看，每卷写 10 则故事，而且正文中插增了很多双行

"小字注"。这说明该抄本与清朝顺治七年的纯满文《三国志通俗演义》不无关系。笔者还发现，该抄本第 15 册和第 16 册的故事情节完全相同，可见二者的底本相同，只是抄写的时间不同而已。笔者初步判断，该抄本的形成时间略晚于故宫博物院的纯满文《三国志通俗演义》抄本。

总之，我们系统研究满文《三国志通俗演义》的流传和演化历史时，应该以顺治七年的《三国志通俗演义》刊本为范本，对北京故宫博物院图书馆的纯满文《三国志通俗演义》抄本、中国第一历史档案馆的纯满文《三国志通俗演义》抄本以及旅顺博物馆所藏满文《三国演义》三册抄本〔残〕、内蒙古自治区图书馆的二十八册抄本、齐齐哈尔市图书馆的二十一册抄本等多种文本进行详细地比勘研究，进而找出北京故宫博物院图书馆抄本和以上几种抄本之间的异同关系，最终根据版本学研究结果来确定北京故宫博物院图书馆抄本到底是不是最早的誊录本。遗憾的是，就目前来讲，学者们还不能获得北京故宫博物院图书馆的纯满文《三国志通俗演义》刊本和上述几种重要的满文《三国志通俗演义》抄本的电子本，故不便于开展系统而深入的版本比较研究来确认哪一种抄本才是顺治七年的誊录本。

## 第二节　北京故宫博物院图书馆所藏满文《三国志》抄本浅析

北京故宫博物院图书馆珍藏的另一部满文《三国志》抄本〔馆藏书号为 00022523〔14187－14200〕〕，则是史书《三国志》的满译抄本。1933 年，李德启先生将它著录为："……史地类，断代史，三国/922.3 三国志：满文〔故，残〕Ilan gurun i bithe 晋 陈寿撰，存十四册，钞本。存魏志卷八之 10，卷九之 7，8，卷十之 1，卷十一之 1，

5，6，9，卷十二之 7，蜀志卷二之 2，10，卷三之 5—7……)"①。

　　然而，《北京地区满文图书总目》中将北京故宫博物院图书馆珍藏的这一抄本著录为罗贯中的《三国志通俗演义》之满文译本②，误导了学界。

　　事实上，该抄本现存七卷十四册，黄色纸书面线装本，长 26.5 厘米，宽 18 厘米，正文的纸张比较厚实，略显黄白色。其行款：每半叶写 8 行字，每行写 13 个字符不等，是由多人分头抄写的。现存各卷的题署为："Ilan gurun i bithe. Wei gurun i suduri jakūci debtelin i juwanci"；"Ilan gurun i bithe. Wei gurun i suduri uyuci debtelin i nadaci"；"Ilan gurun i bithe. Wei gurun i suduri uyuci debtelin i jakūci"；"Ilan gurun i bithe. Wei gurun i suduri juwanci debtelin i uju"；"Ilan gurun i bithe. Wei gurun i suduri juwan emuci debtelin i uju"；"Ilan gurun i bithe. Šu gurun i suduri ilaci debtelin i Sunja"；"Ilan gurun i bithe. Wei gurun i suduri juwan emuci debtelin i sunjaci"；"Ilan gurun i bithe. Wei gurun i suduri juwan emuci debtelin i ninggūci"；"Ilan gurun i bithe. Wei gurun i suduri juwan emuci debtelin i uyuci"；"Ilan gurun i bithe. Wei gurun i suduri juwan juweci debtelin i nadaci"；"Ilan gurun i bithe. Šu gurun i Suduri jai debtelin i jai"；"Ilan gurun i bithe. Šu gurun i Suduri jai debtelin i juwanci"；"Ilan gurun i bithe. Šu gurun i Suduri ilaci debtelin i ninggūci"；"Ilan gurun i bithe. Šu gurun i Suduri ilaci debtelini nadaci"．

　　即为"三国志·魏书 卷八 第十册"；"三国志·魏书 卷九 第七册"；"三国志·魏书 卷九 第八册"；"三国志·魏书 卷十 第一

---

①　李德启编《国立北平图书馆故宫博物院图书馆满文书籍联合目录》，于道泉校，国立北平图书馆、故宫博物院图书馆合印，1933，第 32、40 页。

②　吴元丰主编《北京地区满文图书总目》，辽宁民族出版社，2008，第 383~385 页（第 1702 条著录）。

册 "；"三国志· 魏书 卷十一 第一册 "；"三国志· 魏书 卷十一 第五册 "；"三国志· 魏书 卷十一 第六册 "；"三国志· 魏书 卷十二 第七册 "；"三国志· 魏书 卷十一 第九册 "；"三国志· 蜀书 卷二 第二册 "；"三国志· 蜀书 卷二 第十册 "；"三国志· 蜀书 卷三 第五册 "；"三国志· 蜀书 卷三 第六册 "；"三国志· 蜀书 卷三 第七册 "。

为了查明该抄本的文字内容，笔者在北京故宫博物院图书馆"观摩室"里，以（晋）陈寿所撰《三国志》（中华书局 2006 年版）为底本，逐字逐句地对读了题署为 "Ilan gurun i bithe. Šu gurun i suduri jai debtelin i jai"（"蜀书卷二 第二册"）的满译文。结果发现，这一册满文抄本记述的内容，与（晋）陈寿所撰《三国志》卷三十六 "蜀书六"之 "关张马黄赵传第六"以及裴松之注释基本相同。其满译文从"……超既统众，遂与韩遂合从，及杨秋、李堪、成宜等相结，进军至潼关。曹公与遂、超单马会语，超负其多力，阴欲突前捉曹公，曹公左右将许褚瞋目盼之，超乃不敢动。……"一段开始，一直写到"评曰：关羽、张飞皆称万人之敌，为世虎臣。羽报效曹公，飞义释严颜，并有国士之风。然羽刚而自矜，飞暴而无恩，以短取败，理数之常也。马超阻戎负勇，以覆其族，惜哉！能因穷致泰，不犹愈乎！黄忠、赵云强挚壮猛，并作爪牙，其灌、腾之徒欤？"[①] 为止。除了译文开头部分缺少姜叙、梁宽、赵衢等人名以外，其他译文与汉文原著（包括裴松之的十条注释及陈寿的一段评语）基本相同。（未以拉丁字母转写原译文）

另外，在北京故宫博物院《天禄珍藏——清宫内府三百年》图录中，刊载了一部满文译本《三国志》的两叶书影，其文字内容显然节

---

① 〔晋〕陈寿《三国志》，注者〔宋〕裴松之，中华书局出版，2006，第 564～567 页。

译自《三国志·魏书 卷二十一 王卫二刘傅传》（满文 Ilan gurun i bithe《三国志》）抄本 "Ilan gurun i bithe. Wei gurun i suduri juwan emuci debtelin i uyuci"）："……太祖时征长安，大延宾客，怒瑀不与语，使就技人列。瑀善解音，能鼓琴，遂抚弦而歌，因造歌曲曰：奕奕天门开，大魏应期运。青盖巡九州，在东西人怨。士为知己死，女为悦者玩。恩义苟敷畅，他人焉能乱？'为曲既捷，音声殊妙，当时冠坐，太祖大悦。臣松之案，鱼氏典略、挚虞文章志并云瑀建安初辞疾避役，不为曹洪屈。……"①

　　需要特别说明的是，北京故宫博物院图书馆所藏满文《三国志》抄本，实为（晋）陈寿所撰《三国志》的一种满文节译本（残缺）。其中，有一些人名、地名、俗语、曲文等满文词语左边标注了相应的汉字，例如："羌／Ciyang／胡／Hū"、"戎／žung"、"杨义／Yang yi"、"成都／Ceng dū"；"魏延／Wei yan. coohai niyalma be ucarangge sain bima. baturu niyalma ci dulegebi. geli banitai wesihun de ekteršembi. tere fon i niyalma gemu jailame gucika bi. damu 杨义／Yang yi majige hono anaburakū ofi. 魏延／Wei yan umesi korsome. muke tuwa i adali acuhūn akū oho. juwan juweci aniya 诸葛亮／Jug'uliyang, 北古口／Be g'u ku（keo）angga be tucire. 魏延／Wei yan. 前锋／Ciyan fung ofi. 诸葛亮／Jug'uliyang ni 营／ing ci……"等。这就说明，该满文《三国志》抄本，在书写形式上跟清朝康熙四十七年（1708）刊行的满文 Jin ping mei bithe（《金瓶梅》）一样，只是在一些人名、地名、俗语、曲文等满文词语左边标注了相应的汉字，而没有对正文进行汉文翻译，因此不能将它视为"满汉文合璧《三国志》"或"满汉文合璧《三国演义》"。

———————————

① （晋）陈寿《三国志》，注者〔宋〕裴松之，中华书局出版，2006，第359页。

笔者还发现，2013 年出版的《故宫博物院藏品大系》中，将北京故宫博物院图书馆所藏满文《三国志》抄本著录为："三国志 六十五卷，（书 21928）（晋）陈寿撰（清）佚名译，清钞满汉合璧本，开本 纵 27 厘米，横 18 厘米，存十四册，一函（人名、地名等专有名词后注汉文）"，并且刊载了错误的"书影"——"满文《三国志》卷首人物简介"。①

其实，这一"满文《三国志》卷首人物介绍"书影的满文内容，是专门介绍多种中草药之性质和功效的一小段满文记录。下面是该书影满文记录内容：

Gu wen ciyan (jiyan)（古文鉴）

Orhoi hacin.（草类）

Hūwang ging. amta jancuhūn banin necin（黄精：味甘，性平）

Jiui hūwa. amta silhi adali gūšihūn，bime jancuhūn. banin necin（菊花：味苦如胆，性甘，平）

Tiyan men dūng. amta jancuhūn banin necin bime ambula šahūrun（天门冬：味甘平，大寒）

G'an di hūwang. amta jancuhūn bime silhi adali gusihūn banin šahūrun（干地黄：味甘，如胆微苦，性寒）

To sy dzi. amta elu i adali gusihūn bime jušuhun（菟丝子：味如葱辛，酸）

Sang pū. amta elu i adali gusihūn banin buluka bime necin（苍蒲：味如葱辛，性温，平）

žen šen. amta jancuhūn banin ajige šahūrun bime bulukan（性

① 《故宫博物院藏品大系》/善本特藏编 8/满文古籍，第 134 页。

甘，微寒且温和）

G'an ts'oo. amta jancuhūn. banin necin（甘草：味甜，性平）

jū. amta silhi adali gusihūn bime jancuhūn. erei hūsun sang ju. be ju i emu adali（味甘苦如胆，此力如桑竹、白术）

nio si. amta silhi adali gusihūn bime jušuhun（牛膝：味如胆苦涩、酸）


　　需要说明的是，笔者为了客观地反映出《故宫博物院藏品大系》中刊载的所谓满文《三国志》抄本书影的实际内容，以拉丁字母转写其满文并加注了汉译文。

## 第三节　锡伯文 《三国志通俗演义》 抄本浅析

　　满语属于阿尔泰语系满—通古斯语族，满语支。锡伯族大约从十六世纪末起，普遍使用了满语和满文。明万历二十一年（1593），锡伯部族同蒙古科尔沁部族等组成九部联军对抗女真部族领袖努尔哈赤，因兵败而归附于满洲。康熙三十一年（1692），蒙古科尔沁部族首领将其属下的锡伯军民以及达斡尔、卦尔察部族的军民 14458 人"进献"给了清政府。乾隆二十九年（1764）农历四月十八日，清廷从盛京（今沈阳）等地征调锡伯族官兵 1018 人（连同他们的家属共 3275 人），到遥远的新疆伊犁地区进行屯垦戍边（今察布查尔县）。从此，他们在新疆过着单一民族的军事化生活，继续使用满语、满文，并通过传抄和口头说唱等形式，积极保存和发展了优秀的民族文化。1947 年，新疆的锡伯族学者们以传统的满文为规范，灵活地修改了几个满文字母而创制出具有民族语言发展特色的锡伯文，为学习、保护、传承和发展满族和锡伯族的传统文化做出了突出贡献。

他们保存下来的历史文化典籍极为丰富，其中既有《三国志通俗演义》、《西游记》、《水浒传》、《封神演义》、《三侠五义》、《东周列国志》、《红楼梦》、《唐诗宋词》、《西汉演义》、《岳飞传》、《西厢记》、《隋唐演义》、《施公传》和《彭公传》等文学名著的满文译本，也有一些由锡伯民族独创的"说部"、叙事民歌等民间文艺作品。

1985 年，新疆人民出版社根据清朝顺治七年的纯满文《三国志通俗演义》刊本及其锡伯族民间保存的一种抄本，出版了四册本锡伯文《三国演义》。全书正文分作二十四卷，每册描写 60 则故事，并将卷次和则目（题目）集中写在了每一册的正文之前（按卷次标目）。第一册的正文前面，刊载了多尔衮关于译刊《三国志通俗演义》的"谕旨"、大学士祁充格、刚林、范文程等七大臣的"奏文"、满文题署（书名）Ilan gurun i bithe 以及一篇类似于"三国志 宗僚"的"人物介绍"（依次介绍"蜀国"、"魏国"和"吴国"的主要人物信息）。与清朝顺治七年的纯满文《三国志通俗演义》刊本不同的是，该锡伯文《三国演义》在正文前面附有 16 幅人物组合画像，并以锡伯文和汉文标注了人物名号。另外，第一册、第二册和第三册里各插增了八幅插图，第四册里插增了六幅插图。而且，每一幅组合插图上都写有锡伯文题记。例如："Abka nade weceme tooro yafan de jurgan i hajilaha"；"Jang Yi De Du Yu hafan be tantaha" 第一册之第一幅组合插图。笔者经过对比分析发现，这些插图主要是根据《增像全图三国演义》等晚清的《三国演义》之插图而细心描绘的。

经过文本对比分析笔者认为，锡伯文《三国演义》的思想内容与清朝顺治七年的纯满文《三国志通俗演义》刊本完全相同。不过，这一锡伯文新刊本的行文中存在一些漏字和笔误等问题。例如，新刊本在书首的"奏文"中没有写到主要译写官能图、叶成格二人的名字。
而顺治七年的纯满文《三国志通俗演义》刊本的"奏文"中明确记
载了译写官能图、叶成格二人的名字及其职责："……Ubaliyambume
araha Ejeku hafan Nengtu, Yecengge se."。

另外，如前所述，在清朝顺治七年的纯满文《三国志通俗演义》
刊本及其清朝康熙年间的翻刻本卷二十四之卷目中，把大臣王濬的名
字音译成了"Wang sin"。而 1985 年的锡伯文《三国演义》的编辑人
员有意识地纠正纯满文《三国志通俗演义》刊本的笔误，在卷二十四
之卷目中将大臣王濬的名字音译成了"Wang siyūn"。

1985 年的锡伯文《三国演义》，是附带插图的版本。其文字部分
（出版前言除外），与顺治七年的纯满文《三国志通俗演义》刊本完
全相同。但是根据其独特的版本艺术特征，可以断定书中插增的一系
列人物画像和提示故事主题的组合插图，都是移植于汉文版《增像全
图三国演义》的。

除了 1985 年的锡伯文《三国演义》之外，新疆人民出版社还于
2010 年影印出版了清朝光绪年间的一部纯满文《三国演义》抄本
（即《锡伯族民间传录清代满文古典译著辑存》，上册，共计 1245
页）。其中没有记载多尔衮的"谕旨"和祁充格、刚林、范文程等七
大臣的"奏文"，但记载了数十位抄写者的姓名、驻防地名、抄写
《三国演义》的卷数及抄写时间等信息。例如，在影印本第 1218 页上
记载了"写章三十二""光绪四年三月吉日"两行汉字；在第 1219
页上标记了"为官者存君国"、"读书者在圣贤"、"三国志"及"三
国志 二十四卷下"等汉字；其第 1220 页至第 1244 页的故事情节，与
顺治七年的纯满文《三国志通俗演义》卷二十四的内容相同，抄写时
间为光绪四年（1878）。而且，该卷的题署为"Ilan gurun i bithe orin

duici fejergi／三国志 卷二十四 下 ”，说明这是将每一卷分作上下两册
的二十四卷抄本，每一册写五则故事。笔者发现，抄本最后一则的题
目为 “Wang sin arga i ši teo ceng hecen be gaiha”。① 其中将 “王濬计取
石头城” 的 “王濬”（Wang siyūn）音译成了 “Wang sin”。而这一笔
误，恰好与清朝顺治七年的纯满文《三国志通俗演义》刊本卷二十四
的笔误相同。由此可见，该抄本依据的主要底本为纯满文《三国志通
俗演义》刊本或康熙年间的翻刻本。至今，新疆察布查尔地区的锡伯
族群众中还保存着许多满译小说抄本，如《西游记》、《三国演义》、
蒙古文的《三国因》（亦名《半日阎王全传》）等。这些珍贵古籍，
对保护和研究锡伯族历史文化产生了积极影响，也为我们比较研究满
文《三国志通俗演义》和蒙古文《三国演义》提供了重要的参考资料。

## 第四节　满文音写汉文 San guwe yan i 抄本和满汉文
合璧 《三国演义》 人物图赞写本赏析

随着清朝顺治七年的纯满文《三国志通俗演义》刊本、康熙年间
的纯满文《三国志通俗演义》翻刻本以及雍正年间的满汉文合璧
《三国志通俗演义》刊本的相继问世和广泛流传，日益发展的满汉民
族文学交流领域又增添了两种特别的满汉文合璧《三国演义》写本，
即满文音写汉文 San guwe yan yi（《三国演义》）写本和满汉文合璧
《三国演义》人物图赞写本。2018 年 10 月，笔者在法国国家图书馆
查阅过这两部罕见的写本。下面是笔者初步研究这两种写本之形式和
内容的主要体会。

---

① 贺灵编《锡伯族民间传录清代满文古典译著辑存》（上册），新疆人民出版社，2010，第
1220 页。

**（一）法国国家图书馆的"Mandchou—124"号藏书，就是一部典型的满文音写汉文的 San guwe yan yi（《三国演义》）抄本**

满文音写汉文的 San guwe yan yi（《三国演义》）抄本仅存"Mandchou—124‑9"、"Mandchou—124‑11"和"Mandchou—124‑18"等三册。从抄本的满文音写内容上看，"Mandchou—124‑9"描写了《三国演义》第四十二回至第四十六回的故事，共计 118 叶；"Mandchou—124‑11"描写了《三国演义》第五十二回至第五十四回的故事，共计 185 叶；"Mandchou—124‑18"描写了《三国演义》第七十一回至第七十三回的故事，共计 382 叶。全部以新满文（带有圈、点的）音写汉文，每半叶写 12 行毛笔字。

通过分析这三册抄本的回目、正文（故事情节）、评语和双行"小字注"内容，可知满文音写汉文 San guwe yan yi（《三国演义》）的底本至少有两种，即李评本和毛宗岗评点《毛批三国演义》。

从回目的比较上看，抄本第四十二回的回目"张益德据水断桥　刘玄德败走夏口"、第四十四回的回目"诸葛亮智说周瑜　周瑜订计破曹操"、第四十五回的回目"周瑜三江战曹操　群英会瑜智蒋干"，与李评本的回目完全相同，而该抄本第四十六回的回目"诸葛亮计伏周瑜　黄盖献计破曹操"以及第五十二回至第五十四回、第七十一回至第七十三回的回目则与毛宗岗评点《毛批三国演义》的回目完全相同。

而从正文的实际内容比较上看，该抄本第五十二回"诸葛亮智辞鲁肃　赵子龙计取桂阳"的故事情节描述与毛宗岗评点《毛批三国演义》相同，而略异于嘉靖壬午本（覆刻）及李评本。第五十三回"关云长义释黄汉升　孙仲谋大战张文远"的故事情节描述也与毛宗岗评点《毛批三国演义》评本基本相同，而略异于嘉靖壬午本

（覆刻）及李评本。特别是回末中的两条双行"小字注"："太史慈中箭与周瑜中箭，前后又相似。""方叙太史慈死，只疑东南有将星坠地，乃忽然接出西北刘琦，接笔甚幻。"以及"后人有诗赞曰：'矢志全忠孝，东莱太史慈：姓名昭远塞，弓马震雄狮；北海酬恩日，神亭酣战时。临终言壮志，千古共嗟咨。'""……孔明曰：'非云长不可。'即时便教云长前去襄阳保守。玄德曰：'今日刘琦已死，东吴必来要荆州，如何对答？'孔明曰：'若有人来，亮自有言对答。'过了半月，人报东吴鲁肃特来吊丧，正是：先将计策安排定，只等东吴使命来。未知孔明如何对答，且看下文分解。"等诗文、人物对话和回末套语都与毛宗岗评点《毛批三国演义》完全相同。①

第七十一回"占对山黄忠逸待劳　挡汉水赵云寡胜众"（《三国演义》，岳麓书社，2008，第596—604页）的内容与毛宗岗评点《毛批三国演义》相同，而略异于嘉靖壬午本（覆刻）及李评本。

其首叶中音写的汉文为："夏侯渊以妙才为字，可谓实不称其名矣。夏侯非妙才，若杨修庶为妙才。而有妙才之杨修，先有一妙才之蔡邕；又先有一妙才之邯郸淳。百忙中夹叙一段闲文，虽极不相蒙处，却极有相映合处，近日稗官中未见有此。""（前回与此回）前段（？）与此段（？），方叙战胜攻取之事，（几于旌旗）既哉（ji dzai?）旗鼓炫目，金鼓（聒）射（še？）耳矣。忽（于）哉武功之内带表文词，猛将之中杂见烈女；如操女（之）孝，蔡琰之聪，'黄绢幼妇'之品题，'外孙齑臼'之颖悟，令人耳目顿换。纪事之妙，真不可（方物）。"②

---

① 毛宗岗评点《毛批三国演义》（上卷），天津古籍出版社，2006，第396页；罗贯中：《三国演义》（上册），岳麓书社出版，2008，第424页。

② 毛宗岗评点《毛批三国演义》（下卷），天津古籍出版社，2006，第530页；钟宇辑《〈三国演义〉名家汇评本》，北京图书馆出版社，2007，第40页。

第七十一回末叶中音写的汉文是："……（随）即过河来战蜀兵。正是：魏人忘意宗韩信，蜀相那知是子房。未知胜负如何，且看下文分解。"

第七十二回开头音写的汉文是：……曹操善疑，而孔明即以疑兵胜操。此非孔明之疑操，而操之自疑也。然虽操之自疑，若非孔明不能疑之也。烧于博望、挫于新野、困于乌林、穷于华容，曹操之畏孔明久矣。见他人之疑兵未必疑，独见孔明之疑兵而不敢不疑。故善用疑兵者，必度其人（之）可疑而疑之，又必度我之可以用疑兵而后用之耳，即如兵之善用，岂不看乎其人哉！汉高祖之破项王，赖有彭越，以扰其后；先主之破曹操，亦有马超以搅扰其后；前后始如一辙也。五虎将中，关公既守荆州，而张飞、赵云、黄忠之建奇功，又备写在前卷，……"①

总之，通过以上复原汉文内容的分析，可以确认该抄本的满文音写者不仅依据毛宗岗评点《毛批三国演义》书写了第七十二回的内容，还对满文音写底本的文字内容进行了适当的删减或改动。例如：既删减了底本中的"韩信以背水胜，徐晃以背水败，同一法而今昔之势异；徐晃以背水败，孔明以背水胜，同一时而彼此之势又异"两句话，又改动了"汉高/汉高祖""以扰/以觉""建功/建奇功""殆如一辙/始如一辙"等词语。

## （二）法国国家图书馆的"Mandchou—125"号藏书，是一部图文并茂的《三国演义》写本

该写本的保存状况良好，内容完整，但无明确题署，所以我们可根据它的实际内容暂且称其为满汉文合璧《三国演义》人物图赞写

---

① 毛宗岗评点《毛批三国演义》（下卷），天津古籍出版社，2006，第538页。

本。全书共计 42 叶，叶面规格为 27.7cm × 16.3cm ，由一篇满文序言和 40 幅人物画像及相应的满汉赞文构成。其满文序言称："三国一书，义广意深，谋略出众，果断毅决，诵阅者甚多。然而，书中孝节、仁义、奸卑，汇聚一处，难辨品相。汉文本中刻画若干图像评赞善恶，一目了然。因此，访求他人依式逐一绘图，并抄写原赞文，求他人简略翻译，写于叶背，以便于我等不识汉文者。这并非为补充学问及德行，只愿与细读此书诸人合力，以符开卷有益之意。"① 而遗憾的是，满文序言中没有透露底本来源以及写画者和翻译为满文者的相关信息。不过，该写本第二叶的 a 面中部写有一条满汉文题记："Abkai wehiyehe i gūsin duici aniya sohon ihan juwari sunja biya de. / 乾隆三十四年乙丑夏五月于拉林隆泰店写画"，交代了佚名画家写画的时间和地点。

据初步考察，该写画地址"拉林隆泰店"是隶属于今黑龙江省五常市拉林镇的一所古老的民族文化店铺或场馆。有关文献记载，从清朝乾隆九年（1744）开始，就有一批京城的旗人奉朝廷之命迁移到东北拉林地区，建立了一些具有移民屯垦性质的满族屯落。而到了乾隆二十四年（1759），拉林地区满族"移民屯落"的数量增加到了三十多个。可想而知，"移民屯落"的旗人不仅把大量的京都满汉文化精品带到了拉林地区，还很自然地加强与该地区的民族文化交流，很快把新的家园建设成了具有京都文化色彩的"拉林京旗移民文化"重地。所以不难推测，清朝乾隆三十四年（1769）形成的满汉文合璧《三国演义》人物图赞写本的主要底本大概来源于京城。

那么满汉文合璧《三国演义》人物图赞写本的底本到底是哪一种

① 转引自秀云《巴黎藏孤本汉满合璧〈三国演义〉人物图赞》，《民族文学研究》2016 年第 1 期，第 44 页。

绘像本《三国演义》呢？下面，我们不妨运用图像比较分析方法，探索它的主要底本之来源。

　　一般来讲，清代流传的绘像本《三国演义》有多种多样，除了顺治贯华堂刻《第一才子书古本三国演义》和聚元堂藏版的"金圣叹原书《绣像第一才子书》"之外，还有冠以《第一才子书》之名的绣像附带人物赞文的醉耕堂本（《古本 三国志 四大奇书 第一种》），启盛堂本、致远堂本、经纶堂藏版《绣像第一才子书》，金陵崇文堂梓《金批第一才子书》（毛声山评三国志），敦化堂藏版《贯华堂第一才子书》，宏德堂藏版（贯华堂《第一才子书》），芥子园刻本《四大奇书第一种》（第一才子书）和朝鲜刻本《贯华堂第一才子书》等多种存世本。据学界研究，《绣像第一才子书》和贯华堂《第一才子书》系列的藏本中都有过 40 幅附带赞文的《三国演义》人物画像。而且，芥子园刻本《四大奇书第一种》（第一才子书）和醉耕堂本（《古本 三国志 四大奇书 第一种》）是同出一源的《第一才子书》。所以，笔者主要以贯华堂《第一才子书》和芥子园刻本《四大奇书第一种》（第一才子书）的画像及赞文为底本，对比分析了法国收藏的满汉文合璧《三国演义》人物图赞写本之 40 幅画像及赞文。

　　结果是满汉文合璧《三国演义》人物图赞写本中的"昭烈帝"画像及其汉文赞文，与贯华堂《第一才子书》和芥子园刻本《四大奇书第一种》（第一才子书）的"昭烈帝"画像和赞文内容基本相同。就画像的赞文而言，我们发现满汉文合璧《三国演义》人物图赞写本的赞文中写的是"承献帝之命"，而贯华堂《第一才子书》和芥子园刻本《四大奇书第一种》（第一才子书）中写的是"承献皇之命"。

　　满汉文合璧《三国演义》人物图赞写本中的"关羽"和"张飞"

画像，与贯华堂《第一才子书》基本相同。满文赞文称"关羽"为
"Han Šeo ting heo"，亦与汉文赞文"汉寿亭侯"相同。

满汉文合璧《三国演义》人物图赞写本中的"曹操"画像及赞
文，与贯华堂《第一才子书》的画像及赞文基本相同。其满文赞文中
称"曹操"为"阿瞒"，表现出了"拥刘贬曹"的思想态度。

总之，以上三组画像及赞文内容的比较分析表明，法国收藏的满
汉文合璧《三国演义》人物图赞写本的人物画像的艺术风格与贯华堂
《第一才子书》和芥子园刻本《四大奇书第一种》（第一才子书）的
人物画像的艺术风格雷同。因此，我们可以初步判断法国的满汉文合
璧《三国演义》人物图赞写本的主要底本很可能是贯华堂《第一才
子书》或者芥子园刻本《四大奇书第一种》（第一才子书）。至于满
汉文合璧《三国演义》人物图赞写本的满文翻译问题，笔者认为这是
属于文字内容比勘研究范畴的课题，而且写本的画家、译者和底本的
情况都不明确，因而未能在本书稿中论及。

# 附录 1：满文转写拉丁字母符号

| 満 | a | ᠶ·ᠴ | n | ᠠ·ᠴ | h | ᠰ | š | ᠴ | r |
|---|---|---|---|---|---|---|---|---|---|
| ᠶ | e | ᠨ | ng | ᠠ·ᠴ | g | ᠲ·ᠳ | t | | |
| ᠰ | i | ᠪ | b | ᠨ·ᠴ | k | ᠴ·ᠳ | d | | |
| ᠣ | o | ᠹ | p | ᠮ | m | ᠵ | c | | |
| ᠥ | u | ᠯ·ᠷ | f | ᠯ | l | ᠴ | j | | |
| ᠦ | ū | ᠴ | w | ᠰ | s | ᠶ | y | | |

| ᠺ | | k' | ᠵ | | dz | ᠶ | | ž |
| ᠻ | | g' | ᠼ | | ts' | ᠰᠠᠯ | | sy |
| ᠼ | | h' | ᠼᠠᠨ | | ts | ᠰᠠᠨ | | jy |
| | | | | | | ᠰᠠᠨ | | cy |

# 附录2：书影及相关评述

书影 1

**书影 1：**《满文原档》天聪六年（1632）七月十四日的记载——关于达海翻译汉籍的一叶书影。其中以满文音写的《三国志》为"San guwe jy"，而不是"San guwe yan yi"。但是，清朝中晚期的学人蒋良骐、昭梿、俞正燮、王崇儒、陈康祺等，却以野史笔记资料为依据，把达海未译竣的史书《三国志》说成是《三国演义》，误导了广大读者。

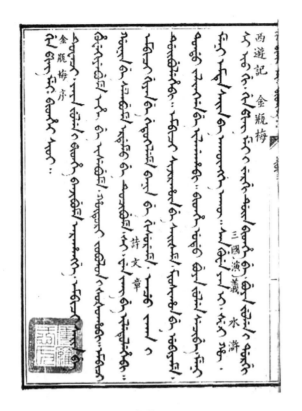

书影 2

**书影 2**：康熙四十七年（1708）刊印的满文 Jin ping mei bithe（《金瓶梅》）之"序"（局部）

"序"中称"《三国演义》《水浒》《西游记》《金瓶梅》，固小说中之四大奇书：……San guwe yan yi. / 三国演义 . Šui hū/水浒 . Si io gi. / 西游记 . Gin ping mei. / 金瓶梅 jergi duin bithe be buya julen i dorgi ……"，并在四种满文音写书名右边，分别标注了对应的汉文书名。由此可见，康熙年间的满文翻译家开始使用了音译的满文书名 San gu-we yan i（《三国演义》）。

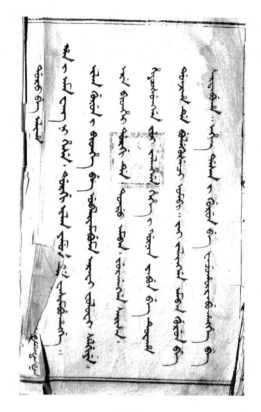

书影 3

书影 3：蒙古国国家图书馆所藏顺治七年（1650）的纯满文《三国志通俗演义》刊本卷首"谕旨"（局部）。

书影显示，译者每半叶写七行字，并突出了多尔衮的"谕旨"（"Ama wang i hese"）及其主要目的"Ilan gurun i bithe be ubaliyambume arafi folofi selgiye."（着译《三国演义》，刊刻颁行）。其中的"Facuhūrabuhangge be"二字出现于第七行末端。

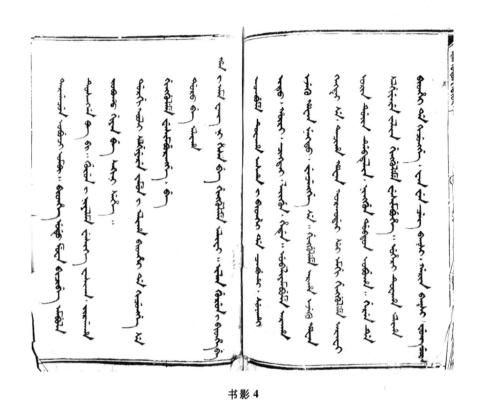

书影 4

**书影 4**：蒙古国国家图书馆所藏顺治七年（1650）的纯满文《三国志通俗演义》刊本卷首"谕旨"（局部）及"奏文"（局部）书影。"奏文"提到了主要译写官的名字——Ubaliyambume araha Ejeku Hafan Nengtu，Yecengge se. （译写官侍读能图、叶成格等）。

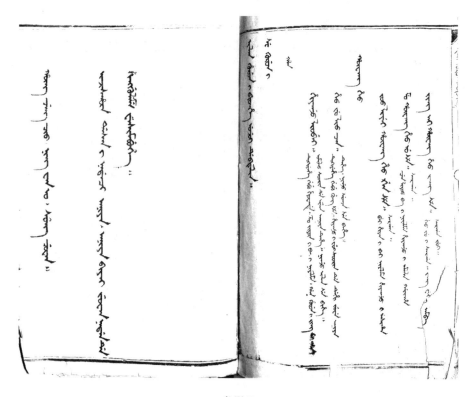

书影 5

　　**书影 5**：蒙古国国家图书馆所藏顺治七年（1650）的纯满文《三国志通俗演义》刊本卷首"奏文"落款："Ijishūn dasan i nadaci aniya. aniya biyai juwan nadan de gingguleme wesimbuhe. ."（顺治七年正月十七日谨奏）。其首叶左上端写有满文书名、卷次："Ilan gurun i bithe ujui debtelin"（三国之书　卷一），而右面顶格写的是："Šū gurun i"（蜀国的）。

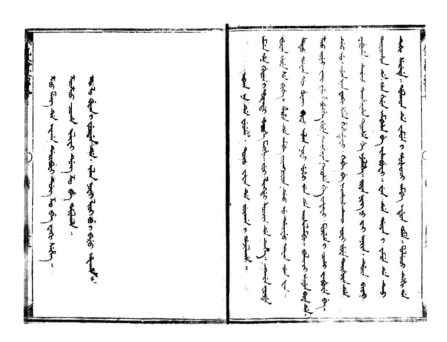

书影 6

书影 6：法国国家图书馆所藏"Mandchou – 120"号藏书——顺治七年（1650）的纯满文《三国志通俗演义》刊本正文卷首书影。其版心有双鱼尾，书名为 Ilan gurun i bithe，中间刻有圆圈，下面标注了卷次和叶码。行款：每半叶写九行字。

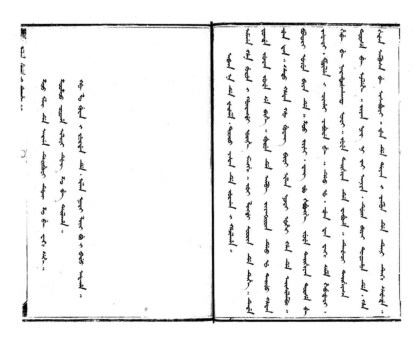

书影 7

书影 7：法国国家图书馆所藏 "Mandchou – 119" 号藏书——顺治七年（1650）的纯满文《三国志通俗演义》的翻刻本正文卷首书影。其版心有双鱼尾，书名为 Ilan gurun i bithe，中间刻有圆圈，行款：每半叶写九行字。从行款和文字内容上看，与顺治七年的纯满文《三国志通俗演义》刊本完全相同，但其版心圆圈下面空白，即没有标注卷次和叶码。这是该翻刻本版式的一大特点。

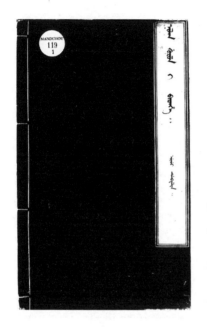
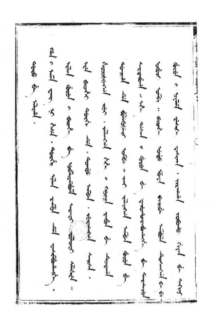

书影 8                                   书影 9

　　**书影 8**：法国国家图书馆的"Mandchou - 119"号藏书——纯满文《三国志通俗演义》翻刻本卷一封面，题署为 Ilan gurun i bithe，字体工整大方，下面标注了卷次："Ujui debtelin"（卷一）。

　　**书影 9**：法国国家图书馆的"Mandchou - 119"号藏书——纯满文《三国志通俗演义》翻刻本卷首"谕旨"（局部）书影，半叶写九行字，版心上端写有满文书名：Ilan gurun i bithe，双鱼尾，中间刻有圆圈，下面空白，没写卷次和叶码。其中把"Facuhūrabuhangge be"二字写在第七行末端。其内容与顺治七年（1650）的纯满文《三国志通俗演义》刊本卷首"奏文"相同。

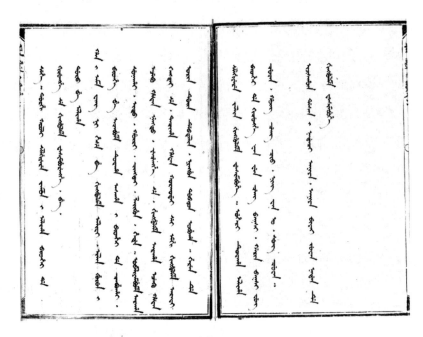

**书影 10**

　　**书影 10**：法国国家图书馆的"Mandchou－119"号藏书——纯满文《三国志通俗演义》翻刻本卷首"奏文"后半部分，其内容与顺治七年（1650）的纯满文《三国志通俗演义》刊本卷首"奏文"相同。其中记载了主要译写官能图和叶成格的名字：Ubaliyambume araha Ejeku hafan Nengtu. Yecengge se.

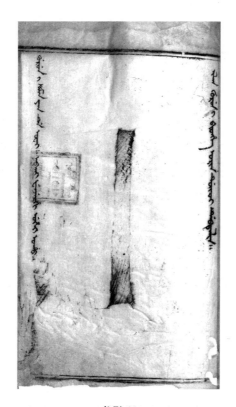

**书影 11**

书影 11：蒙古国国家图书馆所藏顺治七年（1650）的纯满文《三国志通俗演义》卷二十四末叶，其中既写有满文书名 Ilan gurun i bithe 和卷次"Orin duici debtelin"，又留有板刷印。

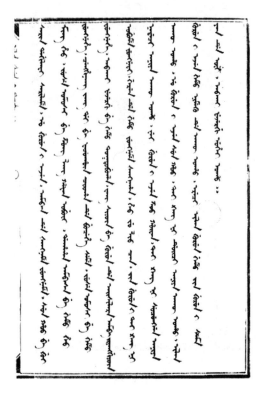

书影 12

**书影 12**：法国国家图书馆的"Mandchou – 119"号藏书——纯满文《三国志通俗演义》翻刻本卷二十四末叶（半叶写九行字），内容与清朝顺治七年（1650）刻本完全相同，但末尾没写满文书名 Ilan gurun i bithe 和卷次"Orin duici debtelin"，也没有板刷印。

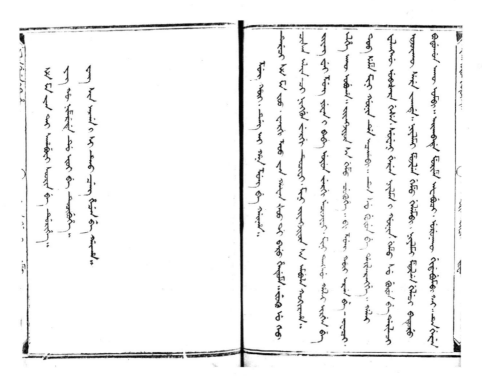

书影 13

书影 13：法国国家图书馆的"Mandchou－120"号藏书——清朝顺治七年（1650）的纯满文《三国志通俗演义》刊本卷二十四之卷目（局部）及正文首叶。其中，存在显著的笔误，即把"王濬"（Wang siyūn）音写成了"Wang sin"。

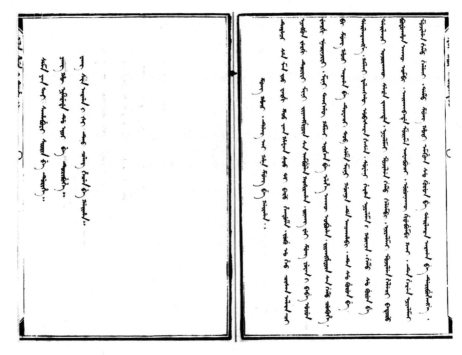

书影 14

**书影 14**：法国国家图书馆的"Mandchou – 119"号藏书——纯满文《三国志通俗演义》翻刻本卷二十四之卷目（局部）及"钟会邓艾取汉中"一则开头部分书影。在卷目中，将"Wang siyūn"（王濬）错写成了"Wang sin"，说明这一翻刻本沿袭了清朝顺治七年（1650）刊本的音译笔误。

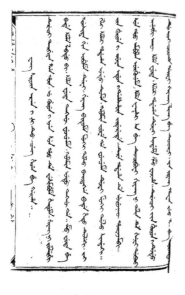 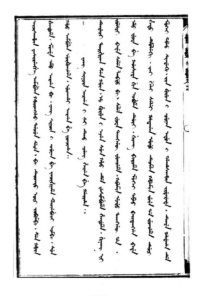

书影 15                    书影 16

**书影 15**：蒙古国国家图书馆所藏清朝顺治七年（1650）的纯满文《三国志通俗演义》刊本卷二十四第 240 则之首叶书影。其中将"王濬"音译为"Wang siyūn"，纠正了卷目中出现的笔误（"Wang sin"）。

**书影 16**：法国国家图书馆所藏"Mandchou–119"号——翻刻本纯满文《三国志通俗演义》卷二十四第 240 则首叶书影。其中将"王濬"（Wang siyūn）音译为"Wang sin"，这可进一步证实翻刻者使用的底本就是清朝顺治七年（1650）的纯满文《三国志通俗演义》刊本。

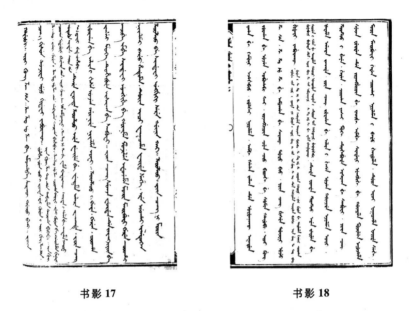

书影 17                                    书影 18

　　**书影 17～18**：法国的"Mandchou – 120"号藏书——清朝顺治七年（1650）的纯满文《三国志通俗演义》刊本第 100 则"关云长义释曹操"之"小字注"内容，与法国收藏的翻刻本（"Mandchou – 119"号藏书）完全相同：Julge cun ciu i fonde , wei gurun i Iui gung zi se，In gung zi to de gabtame taciha bihebi，In gung zi to , jeng gurun i zi zuo žu zi de gabtame taciha bihebi. Zi zuo žu zi cooha gaifi. wei gurun be dayilame genefi cooha gidabufi burlara de Iui gung zi se amcanafi. Zi zuo žu zi be wame jenderaku. sirden i sele be tatame gaifi untohun ciktan i duin da gabtafi bederehebi. / 古春秋时，卫国庚公之斯，尹公之他善射，尹公之他学射于子濯孺子，子濯孺子领兵侵卫，兵败走。尹公之他追之，不忍杀子濯孺子，去其金发乘矢而后反。（卷十/102b）由此可见，纯满文《三国志通俗演义》刊本的译者以删减而意译的方法编译"关云长义释曹操"中的"小字注"，仅用了 68 个满文字符。而嘉靖壬午本（覆刻）第 100 则"关云长义释曹操"之"小字注"内容多达 425 个字符。

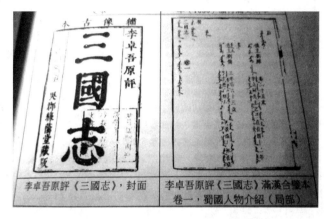

李卓吾原評《三國志》，封面　　李卓吾原評《三國志》滿漢合璧本　　卷一，蜀國人物介紹（局部）

书影 19　　　　　　　　　　　　　　书影 20

　　**书影 19**：法国国家图书馆的"Mandchou–123"号藏书——满汉文合璧《三国志通俗演义》刊本之"内封"书影。它是康熙年间刊行的《李卓吾原评/绣像古本/三国志/吴郡绿荫堂藏版》内封的复制品。其左上角的题记"天下大文章"（五个篆体字），显然是重新整理和装订时特意增补的。

　　**书影 20**：所谓的"李卓吾原评《三国志》满汉合璧本卷一，蜀国人物介绍（局部）"书影，刊载于庄吉发编译的《〈三国志通俗演义〉满文译本研究》一书第 7 页〔（台湾）文史哲出版社，2018 年〕。

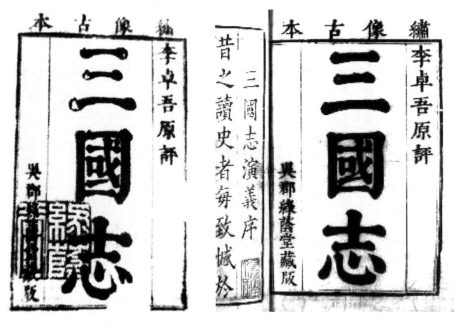

书影 21　　　　　　　　　　　书影 22

**书影 21**：首都图书馆（北京）藏书——《李卓吾原评/绣像古本/三国志/吴郡绿荫堂藏版》的内封。其牌记"吴郡绿荫堂藏版"上面加盖了"绿荫堂"印章。内封左上角没有"天下大文章"（五个篆体字）题记。

**书影 22**：日本早稻田文库所藏《李卓吾原评/绣像古本/三国志/吴郡绿荫堂藏版》的内封书影。研究表明，该藏本的内封也是重新装订时专门补加的复制品。其左下角的牌记"吴郡绿荫堂藏版"上面没有加盖印章。

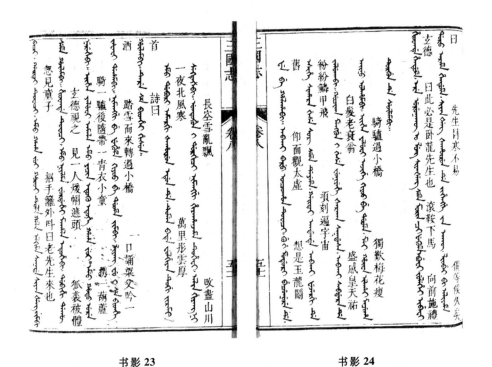

书影 23　　　　　　　书影 24

书影 23 ~ 24：法国国家图书馆的"Mandchou – 123"号藏书——满汉文合璧《三国志通俗演义》卷八第 51 叶的《梁父吟》诗文书影。

书影 25

**书影 25**：法国国家图书馆的"Mandchou – 124"号藏书—— 满文音写汉字《三国演义》，其第五十三回末叶的内容与毛宗岗评点《毛批三国演义》完全相同。其中有两条双行"小字注"："太史慈中箭与周瑜中箭，前后又相似"；"方叙太史慈死，只疑东南有将星坠地，乃忽然接出西北刘琦，接笔甚幻。"正文为："后人有诗赞曰"："矢志全忠孝，东莱太史慈，姓名昭远塞，弓马震雄狮；北海酬恩日，神亭酣战时。临终言壮志，千古共嗟咨"；"…… 孔明曰：'非云长不可。'即时便教云长前去襄阳保守。玄德曰：'今日刘琦已死，东吴必来要荆州，如何对答？'孔明曰：'若有人来，亮自有言对答。'过了半月，人报东吴鲁肃特来吊丧，正是：先将计策安排定，只等东吴使命来。未知孔明如何对答，且看下文分解。"（ 毛宗岗评点《毛批三国演义》上卷，天津古籍出版社，2006，第 396 页 ）

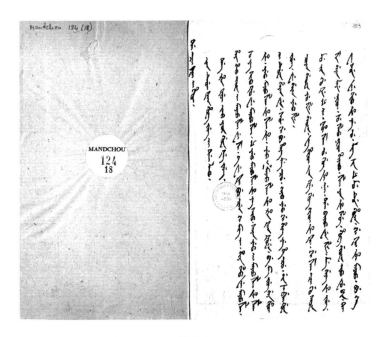

书影 26

**书影 26**：法国国家图书馆的"Mandchou – 124"号藏书——满文音写汉字《三国演义》第七十一回"占对山黄忠逸待劳 挡汉水赵云寡胜众"之首叶书影。其中满文音写的内容为："夏侯渊以妙才为字，可谓实不称其名矣。夏侯非妙才，若杨修庶为妙才。而有妙才之杨修，先有一妙才之蔡邑；又先有一妙才之鄞邯郸淳。百忙中夹叙一段闲文，虽极不相蒙处，却极有相映合处，近日稗官中未见有此。""（前回与此回）前段（？）与此段（？），方叙战胜攻取之事，（几于旌旗）既哉（ji dzai?）旗鼓炫目，金鼓（聒）射（še？）耳矣。忽（于）哉武功之内带表文词，猛将之中杂见烈女；如操女（之）孝，蔡琰之聪，'黄绢幼妇'之品题，'外孙齑臼'之颖悟，令人耳目顿换。纪事之妙，真不可（方物）。"（毛宗岗评点《毛批三国演义》下卷，天津古籍出版社，2006，第 530 页；钟宇辑《〈三国演义〉名家汇评本》，北京图书馆出版社，2007，第 40 页）

书影 27

**书影 27**：法国国家图书馆的"Mandchou–124"号藏书——满文音写汉字《三国演义》第七十一回末叶及第七十二回"诸葛亮智取汉中 曹阿瞒兵退斜谷"之首叶书影。其满文音写的内容为：（第七十一回末叶）"……（随）即过河来战蜀兵。正是：魏人忘意宗韩信，蜀相那知是子房。未知胜负如何，且看下文分解。"（第七十二回首叶）"曹操善疑，而孔明即以疑兵胜操。此非孔明之疑操，而操之自疑也。然虽操之自疑，若非孔明不能疑之也。烧于博望、挫于新野、困于乌林、穷于华容，曹操之畏孔明久矣。见他人之疑兵未必疑，独见孔明之疑兵而不敢不疑。故善用疑兵者，必度其人（之）可疑而疑之，又必度我之可以用疑兵而后用之耳，即如兵之善用，岂不看乎其人哉！汉高祖之破项王，赖有彭越，以扰其后；先主之破曹操，亦有马超以搅扰其后；前后始如一辙也。五虎将中，关公既守荆州，而张飞、赵云、黄忠之建奇功，又备写在前卷，……"

承獻帝之命
任廓清之權倡
義徐州奸雄挫
胆敷十西蜀百
姓歸心
昭烈帝

乾隆三十四年己丑夏五月在拉林隆泰店寫畫

书影 28

　　**书影 28**：法国国家图书馆的 "Mandchou‑125" 号藏书——满汉文合璧《三国演义》人物图赞之 "昭烈帝" 画像及赞文。其前叶中有写画的满汉文题记。比较研究显示，写画者模拟了清代贯华堂《第一才子书》或清代芥子园刻本《四大奇书第一种》（第一才子书）的画像和赞词。将三者的赞文相比较，只有一字之差：前者为 "承献帝之命"，后二者为 "承献皇之命"。

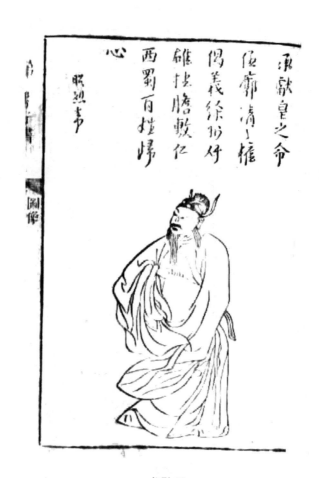

书影 29

　　**书影 29**：清芥子园刻本《四大奇书第一种》（第一才子书）中的"昭烈帝"画像及赞文。将其与贯华堂《第一才子书》之画像及赞文相比，发现二者非常相似。

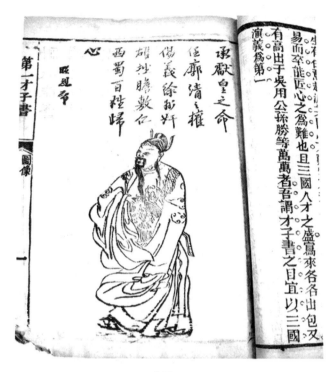

书影 30

**书影 30**：清代聚元堂藏版《绣像第一才子书》中的"昭烈帝"画像及赞文。该画像墨色浓郁，刊印清晰。由此推测，法国所藏满汉文合璧《三国演义》人物图赞之底本不是清代聚元堂藏版《绣像第一才子书》，而是贯华堂《第一才子书》或者芥子园刻本《四大奇书第一种》（第一才子书）。

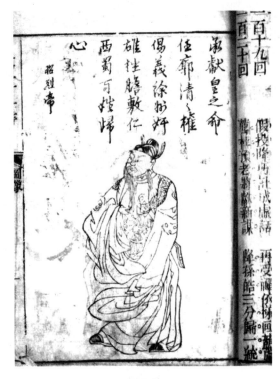

书影 31

**书影 31**：敦化堂藏版《贯华堂第一才子书》中的"昭烈帝"画像及赞文，与清代聚元堂藏版《绣像第一才子书》完全相同。这说明清代流传的贯华堂《第一才子书》之版本有多种，它们当中既有翻刻的人物画像和赞文，也有经过不同画家按照底本重新绘制的人物画像和赞文。

神威能奮武
儒雅更知文
天日心如鏡
奇袍義薄雲
關羽

**书影 32**

**书影 32**：法国国家图书馆的"Mandchou - 125"号藏书——满汉文合璧《三国演义》人物图赞："关羽"画像，将"关羽"尊称为"Guwan gung"（关公）。此画像及其赞文，有可能源自贯华堂《第一才子书》。

书影 33

**书影 33**：法国国家图书馆的"Mandchou–125"号藏书——满汉文合璧《三国演义》人物图赞："张飞"画像。此画像及赞文（汉文），也有可能源自贯华堂《第一才子书》。

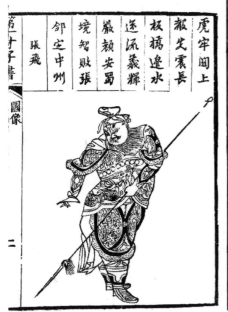

书影 34

**书影 34**：贯华堂《第一才子书》中的"关羽"和"张飞"画像及赞文。通过比较研究，可以推测法国的"Mandchou–125"号藏书——满汉文合璧《三国演义》人物图赞之"关羽""张飞"画像及其赞文的创作者主要临摹了贯华堂《第一才子书》或者芥子园刻本《四大奇书第一种》（第一才子书）的人物画像和赞文。

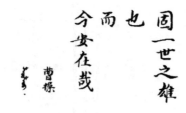

书影 35

**书影 35**：法国国家图书馆的"Mandchou – 125"号藏书——满汉文合璧《三国演义》人物图赞中的"曹操"画像及赞文。此画像和赞文显然模拟了贯华堂《第一才子书》或者芥子园刻本《四大奇书第一种》（第一才子书）中的画像和赞文。

书影 36

**书影 36**：芥子园刻本《四大奇书第一种》（第一才子书）中的"曹操"画像及赞文。这与贯华堂《第一才子书》的画像和赞文非常相似，说明二者同出一源。

# 主要参考文献书目

［1］清朝顺治七年（1650）的纯满文《三国志通俗演义》刊本。

［2］清朝顺治七年（1650）的纯满文《三国志通俗演义》刊本之翻刻本（清朝康熙年间刊本，法国国家图书馆所藏）。

［3］清朝雍正年间的满汉文合璧《三国志通俗演义》刊本。

［4］满文 Ilan gurun i bithe（三国演义）影印本，新疆人民出版社，2010。

［5］锡伯文 Ilan gurun i bithe（三国演义）全四册，新疆人民出版社，1985。

［6］贺灵主编《锡伯族民间传录清代满文古典译著辑存》（上册），新疆人民出版社，2010。

［7］罗贯中编次《三国志通俗演义》影印本，人民文学出版社，1974。

［8］罗贯中编次《三国志通俗演义》，上海古籍出版社，1980。

［9］〔日〕井上泰山编《三国志通俗演义史传》，上海古籍出版社，2009。

［10］毛宗岗评点《毛批三国演义》，天津古籍出版社，2006。

［11］钟宇辑《〈三国演义〉名家汇评本》，北京图书馆出版社，2007。

［12］刘世德：《三国志演义作者与版本考论》，中华书局，2010。

［13］刘世德：《三国与红楼论集》，中国社会科学出版社，2013。

［14］陈建功名誉主编，傅光明主编《插图本纵论三国演义》，山东画报出版社，2006。

［15］李德启编《国立北平图书馆故宫博物院图书馆满文书籍联合目录》，于道泉校，国立北平图书馆、故宫博物院图书馆合印，1933。

［16］黄润华：《满文翻译小说述略》，《文献》1983年第2期。

［17］黄润华、史金波：《少数民族古籍版本——民族文字古籍》，江苏古籍出版社，2002。

［18］黄润华、屈六生编纂《全国满文图书资料联合目录》，书目文献出版社，1991。

［19］王利器辑录《元明清三代禁毁小说戏曲史料》（增订本），上海古籍出版社，1981。

［20］富丽编纂《世界满文文献目录》（初编），中国民族古文字研究会，1983。

［21］李士娟：《记满文抄、刻本〈三国演义〉》，《中国典籍与文化》，2005年第2期。

［22］季永海：《〈大清全书〉研究》，《满语研究》1990年。

［23］关四平：《辽宁省图书馆藏满文古籍述略》，《新疆图书馆》1986年第1期。

［24］恩华：《八旗艺文编目》，辽宁民族出版社，2006。

［25］秀云：《〈三国演义〉满文翻译研究》，中央民族大学2013年博士论文。

［26］庄吉发编译《〈三国志通俗演义〉满文译本研究》，（台湾）文史哲出版社，2018。

［27］罗振玉：《天聪朝臣工奏议》，潘喆、李鸿彬、孙方明编《清入关前史料选辑》（第二辑），中国人民大学出版社，1989。

［28］《朝鲜王朝实录·仁祖实录》，汉城：国史编纂委员会，1973。

［29］《太宗文皇帝实录》，中华书局，1985。

［30］《世祖章皇帝实录》，中华书局，1985。

［31］《圣祖仁皇帝实录》，中华书局，1985。

［32］鄂尔泰等修纂《八旗通志》，东北师范大学出版社，1985。

［33］昭梿：《啸亭杂录》，中华书局，1980。

［34］故宫博物院图书馆、辽宁省图书馆编《清代内府刻书目录解题》，紫禁城出版社，1995。

［35］李光涛：《清太宗与〈三国演义〉》，李光涛《明清档案论文集》（台北）联经出版事业股份有限公司，1986。

# 后　记

　　当前，国内外的《三国演义》研究事业纵深发展，已经取得了辉煌成就。但是总的来看，专门研究满文《三国志通俗演义》的论著数量偏少，与新时期《三国志通俗演义》科研要求不甚相符。在这种情况下，我努力撰写这部书稿——《满文〈三国志通俗演义〉版本研究》，主要阐述了关于纯满文《三国志通俗演义》刊本和满汉文合璧《三国志通俗演义》刊本的文本形式及其思想内容的研究意见。

　　诚然，民族语言译著的版本比较研究，是一项非常艰苦的工作。谓其"艰苦"，主要是指收集研究资料的路程之艰难。而我有幸得到中国社会科学院"老年科研基金"资助，又受到中国国家图书馆、中国民族图书馆、首都图书馆、中国社会科学院图书馆、中国第一历史档案馆、中国科学院文献情报中心、蒙古国国家图书馆和法国国家图书馆等多部门的热情支持，从而掌握一些可靠的研究资料，使我不断增强研究满文《三国演义》版本的信心和乐趣，比较顺利地完成本书稿。在此，我谨向鼓励和帮助过我的诸多单位、师长、家人和朋友致以诚挚的谢意！

　　值此本书稿出版之际，我谨向中国社会科学院离退休干部工作局和民族文学研究所的领导、科研处负责同志以及社会科学文献出版社编辑同志表示衷心的感谢。

学海无疆，我由衷地希望本书稿能够引起一些《三国演义》研究专家的关注和多方面的批评和赐教，以便谨慎修补这一"小舟"，使其更愉快地在茫茫学海中漫游！

巴雅尔图

2022 年 5 月 1 日节

**图书在版编目（CIP）数据**

满文《三国志通俗演义》版本研究／巴雅尔图，宝
乐日著. -- 北京：社会科学文献出版社，2022.12
（中国社会科学院老年学者文库）
ISBN 978 - 7 - 5228 - 0652 - 5

Ⅰ.①满… Ⅱ.①巴… ②宝… Ⅲ.①《三国演义》
研究 Ⅳ.①I207.413

中国版本图书馆 CIP 数据核字（2022）第 165148 号

---

中国社会科学院老年学者文库
满文《三国志通俗演义》版本研究

著 者／巴雅尔图 宝乐日

出 版 人／王利民
组稿编辑／宋月华
责任编辑／杨 雪
责任印制／王京美

出 版／社会科学文献出版社·人文分社（010）59367215
地址：北京市北三环中路甲 29 号院华龙大厦 邮编：100029
网址：www.ssap.com.cn
发 行／社会科学文献出版社（010）59367028
印 装／三河市东方印刷有限公司

规 格／开 本：787mm×1092mm 1/16
印 张：9.75 字 数：121 千字
版 次／2022 年 12 月第 1 版 2022 年 12 月第 1 次印刷
书 号／ISBN 978 - 7 - 5228 - 0652 - 5
定 价／158.00 元

读者服务电话：4008918866

▲ 版权所有 翻印必究